ロン

近藤史恵

下町の小さなフレンチ・レストラン、ビストロ・パ・マルはカウンター七席、テーブル五つ。フランスで料理修業をしてきた変人シェフ三舟さんの気取らない料理が大人気。実はこのシェフ、客たちの持ち込む不可解な謎を鮮やかに解いてくれる名探偵でもあるのです。消えたパティシエが残したことば「マカロンはマカロン」の意味するものは？　蝶ネクタイが似合う素敵な大学教師が経験した悲しい別れの秘密とは？　豚足をめぐる少年と母親の再婚相手との物語等々、胸を打つ話ばかり。メインディッシュもデセールも絶品揃い。きっとご満足いただけます。

マカロンはマカロン

近藤史恵

創元推理文庫

UN MACARON, C'EST UN MACARON

by

Fumie Kondo

2016,2020

目　次
* Table des matières *

BISTRO PAS MAL

BISTRO PAS MAL

BISTRO PAS MAL

ビストロ・パ・マル　スタッフ表
personnel de ce bistro

料理長
chef

三舟忍

副料理長
sous chef

志村洋二

ソムリエ
sommelière

金子ゆき

ギャルソン
garçon

高築智行

マカロンはマカロン

コウノトリが運ぶもの

Ce que transporte la cigogne

言うまでもないことかもしれないが、飲食店の営業時間は長い。ぼくがギャルソンとして働いている役所のように九時から五時までというわけにはいかない。三時から六時までの休憩を挟んで、だいたい店を閉めるのが十時半か十一時になる。拘束時間は十時間を超える。

〈パ・マル〉は十一時半に開店し、しかも、開店前も閉店後も仕事はある。ぼくは十時半に出勤するし、三舟《みふね》シェフなどは仕込みの関係でもっと早く出てきていることもある。

夜も、うちの店ではレジこそ時間がきたら閉めるが、よっぽどでない限り客に帰れとは言わない方針である。

ぼくとソムリエの金子《かねこ》さんは午後に二時間の休憩を取るが、三舟シェフと料理人の志村《しむら》さんはたぶん、一時間も休んでいないだろう。

かなりのハードワークである。料理人という仕事に女性が少ないのも、男性社会であるという理由のほかに、この仕事がハードワークであるという理由もあるはずだ。

それでも好きだから、続けられる。

お客さんが口にする「おいしい」ということばや、満足げな笑顔で疲れなど吹き飛ぶし、シェフが作る料理を間近で見られることもうれしい。

フレンチ・レストランという非日常の空間を心地よく演出できれば、これ以上の幸せはない。

もうひとつ、仕事の疲れを帳消しにしてくれるのが賄《まかな》いである。

大きなレストランでは見習いが作るのかもしれないが、〈パ・マル〉の厨房《ちゅうぼう》は常にふたり体制だから、賄いを作ってくれるのはホテルのスーシェフ経験もある志村さんだし、試作を兼ねて三舟シェフの料理も出てくる。まずかろうはずはない。

基本はフレンチだが、毎日食べるものだからそんなにこってりしたものばかりが並ぶわけではないし、志村さんの気まぐれで、パスタやカレーなども出てくる。店の食材で作るわけだから、和食や中華などは難しいが、この前、志村さんが作ったアンチョビとドライトマトのチャーハンはかなりおいしかった。

今日の賄いは〈パ・マル〉のスペシャリテのひとつである、田舎《いなか》風パテをバゲットに挟んだサンドイッチと、温泉卵とカリカリに焼いたじゃがいもをのせた、サラダ・

リヨネーズだった。重すぎず、昼食にはちょうどいい。

食後のエスプレッソを飲んだあと、ちょっと本屋にでも行こうと腰を上げると、雑誌をぱらぱらとめくっていた三舟シェフが言った。

「高築《たかつき》、出かけるのか？　だったら、ついでに〈ア・ポア・ルージュ〉からオリーブをもらってきてくれないか」

休憩時間なのにおつかいを頼まれるのは納得いかないが、まあ仕方がない。シェフはぼくが休憩している時間も、ディナーのための仕込みをしている。それに、たしかについでには違いない。

〈ア・ポア・ルージュ〉とは〈パ・マル〉のすぐ近くにあるパン屋である。同じオーナーの経営なので、ある意味、姉妹店みたいなものだと言っていい。

若い女性ふたりでやっているパン屋なのだが、バゲットやカンパーニュといった伝統的なフランスパンを中心にした品揃えで、遠くから買いにくるファンも多いと聞く。

〈パ・マル〉も以前は厨房でパンを焼いていたが、〈ア・ポア・ルージュ〉ができてから、バゲットと全粒粉のプチパンは、頼んで焼いてもらうことにしている。今日の賄いのサンドイッチも、もちろん〈ア・ポア・ルージュ〉のバゲットだ。

反対に、〈ア・ポア・ルージュ〉に併設されているカフェの食事には、三舟シェフのレシピが使われている。サラダやスープ、パンに合うピクルスなどの簡単なメニューだが、なかなか評判がいいらしい。〈ア・ポア・ルージュ〉のパン職人ふたり——斎木《さいき》さんと中江《なかえ》さんはパン専門だから、カフェのメニューを考えるときに、シェフが手伝ったのだ。

今回、シェフに頼まれたオリーブも、もとは〈パ・マル〉でアミューズとして出していたものである。スペインから輸入した、オーガニックのグリーンオリーブで、種を抜いてパプリカが入っている。

それを入れたサラダを、〈ア・ポア・ルージュ〉のカフェでも出すようになり、そこから斎木さんが思いついて、オリーブのたっぷりのったフォカッチャを焼いたら、これが人気商品になった。一日に二百個近く焼いても、あっという間に売り切れてしまうという。

もともと〈パ・マル〉で業者から買ったものを、〈ア・ポア・ルージュ〉に分けていたのだが、そうなってしまうと、向こうのほうが圧倒的に消費量が多くなる。〈ア・ポア・ルージュ〉で直接スペインのメーカーから買い付けて、そこからうちの使う分を分けてもらうという形に変化したのだ。どんなものでも、大量に買えば単価は安くなる。

「じゃ、帰りにもらってきます」

そう言って、ぼくは鞄《かばん》を持って店を出た。

商店街をぶらついて、散歩途中の犬をかまったり、うちの常連でもある甘味屋の主人と立ち話をしたり、〈ア・ポア・ルージュ〉に向かう。本屋に行って新刊の文庫本を二冊買ったあと、ぐるりと遠回りをして、〈ア・ポア・ルージュ〉に向かう。


ポア・ルージュとは赤い豆という意味のフランス語で、要するに赤い水玉のことだ。その名のとおり、店の庇《ひさし》が可愛らしい赤の水玉模様である。パンを入れる紙袋もやはり赤い水玉で、最近売り出した同じ柄のエコバッグも、よく売れているらしい。

こういうのは女性ならではのセンスだな、と思う。

〈パ・マル〉の外装は、前に営業していた昭和のムード漂う洋食屋そのままなので、とてもおしゃれとは言えない。

ぼくは、ガラスのドアを押して中に入った。

フランスではパン屋は対面式らしいが、さすがにそこまでは徹底せずに、客がトングで選んでいく日本式を取っている。店内のパンは残り少なかった。順調に売れているらしい。

こんにちは、と声をかけようとして気づいた。店長の斎木さんが、お客らしい人と話をしている。四十代くらいの、スリムで化粧っ気のない女性だった。

パンを選んでいるふりをして時間を潰《つぶ》そうとしたのだが、斎木さんのほうから声をかけてきた。

「あ、高築くん、いらっしゃい」

「こんにちは」

ぼくは軽くお辞儀をして、それからその女性にも会釈《えしやく》をした。彼女もにっこりと笑って軽く首を動かす。ジーンズにスニーカーとシンプルな恰好だが、肌がとてもきれいで、すっぴんでも涼やかだ。

「あ、オリーブでしたよね。ちょっと待ってくださいね」

斎木さんはアルバイトの女の子に声をかけて、オリーブを持ってくるように頼んだ。

「高築くん、紹介するね。この方は、最近この通りにできた自然食品店の安倍《あべ》さん」

「あ、知ってます」

たしかに二か月ほど前、〈ア・ポア・ルージュ〉と同じ通りに自然食品の店ができた。形は悪いが新鮮そうな野菜が店先に並んでいるのを、足を止めて見たこともある。店内にもスーパーとは違うメーカーの、味噌や醬油が置かれているのが見えた。

たしか〈AB〉という名前だったな、と思い出し、それから気づく。彼女の安倍という姓からとった店名なのだろう。

「最近、うちによくきてくださってるの」

斎木さんは安倍さんのことをそう紹介した。

「ここのパン、おいしいですよね。天然酵母を使っているし、食事パンは牛乳も卵も使ってないものがほとんどだから、安心して食べられますし」

安倍さんはそう言って笑った。

なるほど、自然食品店をやっている女性というイメージそのものだ。スリムで、潑《はつ》剌《らつ》としている。

「彼は、高築くん。近くにあるビストロ、〈パ・マル〉のギャルソンさん」

ビストロ、と聞いたとき、彼女の目がふっと揺らいだ気がした。口もとに浮かんでいた笑みも消える。

不思議に思いながらも、一応言う。

「商店街の中にあるんです。よかったら食べにきてください」

「あの……わたし、乳製品アレルギーで……」

それを聞いて少し驚いたが、同時になぜ笑いが消えたのかもわかった。

フランス料理はバターや生クリームをたっぷり使う。乳製品アレルギーなら、避けて通るはずだ。

「あらかじめそう言って予約していただければ、乳製品をまったく使わない料理もお出しできますよ。お客さんにはそういう方もいらっしゃいます」

卵が食べられない人、乳製品が食べられない人、宗教上の理由で豚肉を食べない人、いろんな客が、店を訪れる。

いきなりでは対応できないこともあるが、三舟シェフはむしろそういう課題を出されたほうがやる気が出るタイプである。事前に話してもらえれば、まったく嫌な顔はしない。

彼女はなぜかひどく寂しげな顔をした。

「いい時代になったわね」

そう言いながらも、少しもうれしそうではない。

「ほら、〈ア・ポア・ルージュ〉でも、乳製品や卵を使っているものはちゃんと表示してあるでしょう。レストランでも『乳製品アレルギーなんです』と言ったら、嫌な顔をせずに、乳製品を使ってないメニューを教えてくれる。おまけにビストロでもそういう料理を作ってくれるなんて……」

彼女は唇を強く噛んだ。そして言う。

「ごめんなさい。用事を思い出したから失礼します」

ぺこりと頭を下げると、まるで逃げるように店を出ていった。

ぼくだけではなく、斎木さんもぽかんとしている。彼女が立ち去ったあとのガラス扉を呆然と眺めた。

「ぼく……なにか失礼なこと言いましたかね？」

「ううん、別になんにも。どうしたんだろう。よく喋るけど、安倍さん、いつもはあんな人じゃないんだけど」

ぼくのことばが、なにか彼女の触れられたくない部分に触れてしまったということだろうか。

それとも単純に自然食品店をやっているような人は、フランス料理が嫌いなだけかもしれない。

どちらにせよ、人の心を覗き見ることはできない。そう自分に言い聞かせたが、喉に魚の骨でも引っかかったような違和感は消えなかった。

†

その日の出来事と、安倍さんの佇《たたず》まいはどこか心に残っていた。

だから、その電話がかかってきたとき、すぐに彼女だと気がついた。

「あの……予約をしたいのですが、ひとりでも大丈夫ですか？」

「はい。カウンター席もございますし、おひとりのお客様もよくいらっしゃいます」

電話の向こうでほっとしたような吐息が聞こえた。

「じゃあ、一名でお願いします。それと乳製品アレルギーなんですけど……」

「かしこまりました。ほかになにかお嫌いなものとかはございますか？」

「いえ、ほかには」

名前を訊くと、彼女は安倍ミカと名乗った。名前を訊く前に、ぼくはすでに予約台帳にアベという名前を書き込んでいたのだけれど。

それにしても、この前の様子ではまるでフレンチに嫌悪感すら抱いているように見えたのだけど、どういう心境の変化だろう。

首を傾《かし》げながら、三舟シェフのところに行く。

「シェフ、明後日《あさって》のディナー、乳製品アレルギーの方が一名予約されました」

「りょーかーい」

銅のソースパンでソースを煮詰めていたシェフが気の緩《ゆる》んだ声で返事をする。

　ぼくはカウンターから身を乗り出して言った。

「知ってますか？　三丁目の〈AB〉という自然食品店」

　やっと興味を惹かれたのか、シェフが顔を上げた。

「ああ、知ってるよ。小さな店なのに、なかなかいい野菜を仕入れてるよな」

〈パ・マル〉は農家と直接契約して野菜を仕入れているから、よそで買うことはあまりないが、それでも目についてしまうものらしい。

「そこの人です」

　オーナーなのか、雇われ店長なのかはわからないが、従業員をほかに雇うほどの規模ではない。

「ほう」

　相変わらず、聞いているのか聞いていないのか、よくわからない返事である。無精髭《ぶしょうひげ》を生やした素浪人のような外見も相まって、とても客商売の人間には見えない。

〈パ・マル〉はオープンキッチンだから、カウンターのお客さんとも会話を交わさなければならない。主に、人当たりのいい志村さんが接客担当のようなものだが、それでもシェフの人柄を慕《した》って通ってくれるお客もいる。なかなか、わかりにくい魅力ではあるのだが。

そばで聞いていた志村さんが言う。

「自然食品店などをやっている人なら、あんまりフレンチには興味なさそうですけどね」

「そうなんです。ぼくもそう思ったんですけどね」

シェフが、ん?という顔をする。

ぼくは、〈ア・ポア・ルージュ〉での出来事を話した。

ちょうど話し終わった頃に、ワイン棚の在庫チェックに行っていたソムリエの金子さんが戻ってきた。彼女が「ねえねえ、なんの話?」と訊くので、簡単に説明する。

「まあ乳製品アレルギーだったら、フレンチに興味がないというのもわかりますが、ちょっと不思議な反応ですね」

志村さんが三舟シェフに言う。シェフは、む、と曖昧《あいまい》な返事をした。

「でも、あの店、ビオワインも置いてて、なかなかセンスいい品揃えなんですよね」

金子さんは最近、無農薬のぶどうで造るビオワインに凝《こ》っているらしく、店のワインの品揃えもそちらに傾いている。シェフもワインのことは金子さんにまかせっきりだから、〈パ・マル〉のワインリストは、金子さんの好みによって決定されると言ってもいい。

「じゃ、ワイン飲むのか」

「たぶん。添加物の入っていないヴァン・ナチュールばかり揃えていたし、小さいながらもセラーで管理してるし、おいしいものが好きなんだと思います」

金子さんの話を聞いて、シェフは少し考え込んだ。

なにやら険《けわ》しい顔をしているが、乳製品を使わないフレンチという注文はさほど難しいものではない。フランスでも乳製品をよく使うのは、北のノルマンディーあたりで、南のほうに行けば、バターではなく、オリーブオイルを使った料理が多くなる。

まあ、シェフにまかせておけば間違いはない。

ぼくはそう自分で納得して、接客へと戻った。

†

安倍さんが予約した時間は八時半だった。

フランスではディナーは九時頃からはじまるのが普通らしいが、日本では充分、遅めの時間だろう。うちでも、七時や七時半からの予約がいちばん多い。

昼間、〈AB〉の前を通りかかったとき確認したが、〈AB〉は夜七時閉店だった。

だが、それから後片づけなどをしていれば、そのくらいの時間になってしまうのかもしれない。

時間ちょうどに、〈パ・マル〉のドアを押して入ってきた安倍さんは、この前のようなジーパン姿ではなく、黒いニットのワンピースを着ていた。

シンプルなデザインのニットに、青いトンボ玉のようなネックレスがよく映《は》えている。

たしか、昼間〈AB〉で見かけたときはジーパンだったから、わざわざ着替えたのかもしれない。

「いらっしゃいませ」

ぼくが近づくと、彼女はクラッチバッグを持ち直して微笑んだ。

「すみません。この前は驚いて、失礼なこと……」

改めてそんなことを言われて驚く。たしかに少し不自然だとは思ったが、詫びられるほどのことではない。

「いえ、きてくださってうれしいです」

そう言って、彼女をカウンター席に案内する。カウンターの客は、すでにデセールを楽しんでいるから、ほどなく彼女だけになるだろう。

メニューを渡すと、彼女はぽつん、と言った。

「わたし、今日はフランス料理と和解しにきたんです」

「和解？」

尋ね返すと、彼女はあわてて笑顔を作った。

「いえ、すみません。なんでもないんです」

乳製品アレルギーのことだろうか。不思議に思いながら、ぼくは金子さんとバトンタッチをした。

やはりワイン好きらしく、金子さんと話が盛り上がっている。

カウンター席は、テーブル席ほどギャルソンの出番は多くない。ぼくが行くより早く、志村さんが尋ねていた。

「ご注文はいかがなさいますか？」

「乳製品を使わずに……という注文だけでも大変だと思うのでおまかせします。ほかには食べられないものはありませんし、フランス料理ははじめてなのでよくわからないんです」

「かしこまりました」

金子さんが、彼女の前にリーデルのグラスを置いて、赤ワインを注ぐ。ムーラン・ド・ラ・ガルデットだ。値段は手頃だが、最近、金子さんが気に入っているドメーヌらしい。

ぼくは、彼女の前にアミューズの皿を置いた。

塩漬けのグリーンオリーブや、フリュート・ガナのアンチョビ・ガーリックトースト、ラタトゥイユなどがきれいに盛りつけられている。

アントレができあがるまで、ワインの友になるように、オリーブは少し多めだ。

彼女はゆっくりとワインを口に含んで、味わうようにしてから飲み込んだ。

表情にはまだ緊張はあるが、楽しんでいる雰囲気が伝わってくる。

しばらくして、志村さんが彼女の前にアントレの皿を置いた。

「マッシュルームとクラテッロのミルフィーユ仕立てです」

薄く切ったステーキマッシュルームとクラテッロという生ハムを何層にも重ねた一皿だ。

生のマッシュルームの鮮烈で爽《さわ》やかな香りと食感、そこに生ハムの脂肪分とコクが絡む。ソースはなくても、素材の香りが絶妙のハーモニーを醸し出すはずだ。

一口食べた安倍さんは、驚いたような顔になった。

「すごい……マッシュルームって、こんなにいい香りがするのね」

よけいな味は加えてない。だが、マッシュルームを紙のように薄く切って重ねるのは手間がかかる。ワインを飲んでまた笑顔になる。シンプルな料理だけに、ワインとの相性がはっきりわかるのだろう。

ほとんどのテーブルでは、デセールや食後のコーヒーの時間だから、厨房も余裕がある。シェフがメイン料理を作っているあいだ、志村さんが話しかけた。

「乳製品が食べられないと、いろいろ大変でしょうね」

安倍さんはくすりと笑って首を振った。

「今はそれほどでも。ここ十年くらいでずいぶん変わりましたから。でも、昔は本当に大変だった」

ワインの酔いのせいか、先ほどよりずいぶんリラックスした表情になっている。

「子供の頃、給食ではかならず牛乳が出たでしょ。わかってくれる先生もいたけど、小学五年生のとき、担任になった教師は、『アレルギーとか言って、結局は好き嫌いだろう』なんて言ったんですよ」

たぶん、今そんなことを言えば問題になるだろう。だが、彼女が子供の頃なら、今から三十年近く前だろうか。アレルギーに対する理解も少なかったはずだ。

「無理矢理飲まされて、そのあと蕁麻疹《じんましん》が出て苦しんでいるのに、先生は見てみないふりをしました。祖母が学校に直談判に行ってくれて、やっと飲まなくてもよくなったんですけど、そのあと先生は露骨にわたしを無視したり、嫌味を言ったりするようになって……。年配の先生だったし、自分の信念を曲げさせられたのが悔しかったみたい」

彼女は笑いながらそう言ったが、子供にとってショックな出来事のはずだ。

彼女は、籠に盛られた全粒粉のパンを手に取った。

「これ、〈ア・ポア・ルージュ〉さんのパンですよね」

「ええ、そうです」

ちぎって、それを口に運ぶ。

「何度食べてもおいしい。本場フランスの味ですよね」

「フランスに行かれたことが？」

志村さんの質問に彼女は悪戯《いたずら》っぽく笑った。

「一度だけです。でも、わたし、昔はパン屋になりたかったんです。二十代の頃、お店も持ったんですよ」

「そうなんですか？　今でも焼かれますか」

「ええ、ときどき」

だが、そう言ったあと、ひどく寂しい顔になる。

「でも、うまくいきませんでした。ライ麦パンやカンパーニュみたいな、どっしりした食事パンの店を開きたかったんです。ほら、食パンやロールパンにはだいたい、スキムミルクや牛乳が入っているから、わたしには食べられないし、それにこういうパンのおいしさもみんなに伝えたかった。でも、全然売れなかった。おいしくなかったわけじゃないと思うんです。その頃は、パンと言えばふわふわで柔らかいものだと思われていたから……」

「そうですか……」

たしかに、〈ア・ポア・ルージュ〉のような店が繁盛するようになったのも、今という時代だからかもしれない。少し前なら、パンと言えば、食パンや菓子パン、総菜パンが当たり前だった。フランスパンは普及していたが、それだけでやっていけるはずはない。

シェフが、彼女の前にメインの皿を置いた。

「乳のみ仔羊のロティです」

ラムラックではなく、ラムレッグである。スパイスを擦り込んだラムを、オーブンでレアに焼き上げて薄く切ってある。

一緒にマッシュポテトとクレソンが添えられている。ビストロの名物メニューと言ってもいい。

「マッシュポテトはオリーブオイルと豆乳を使って作ってあります。バターも生クリームも入っていません」

彼女はナイフとフォークをきれいに使って、ラムを口に運んだ。

「柔らかい……」

まだ草を食べていない仔羊の肉はくせがなく、甘い。まだ赤ちゃんのときに殺されてしまうと思うと胸が痛まないわけではないが、それでも美味であることに間違いはない。

金子さんが空《から》になったグラスにワインを注ぐ。

「そのワンピース、素敵ですね」

「ええ、一度家に帰って着替えてきたの」

「うちはビストロですから、気軽な恰好でいらしてくださってかまいませんよ。別にジーンズでも」

志村さんがそう言うと、彼女は首を横に振った。

「それでもレストランは、自分もまわりのお客さんにとっての風景になるでしょう。

あんまりラフな恰好では行きたくないと思って……」

たしかにぼくも、おしゃれをしてきてくれたお客さんにはサービスに力が入る。ラフな服装の人に手を抜くわけではないが、おしゃれはお客さんが、〈パ・マル〉で過ごす時間を楽しもうとしてくれている証拠だと思うからだ。

彼女がメインを食べ終わった頃には、残っている客は一組だけになっていた。デセールのフレッシュフルーツのマチェドニアをうれしそうに口に運びながら、彼女は言った。

「そういえば、たぶんフランス料理に使うんだと思うんですけど、陶器の鍋ってありませんか？」

「陶器の鍋……ですか？」

「そう。普通に火にかけて使うのかな、と思ったんですけど、なんかちょっと不安で。深くて、楕円形で、きれいな模様が描いてあるんです」

「どんな模様ですか？」

彼女は首を傾げて考え込んだ。

「ええと……たしか鳥です。足の長い……コウノトリかしら」

「ああ、それは」

口を開きかけた志村さんを、今まで黙っていた三舟シェフが制した。

「もし、よろしかったら、次にいらっしゃったとき、その鍋を使った料理をお出ししますよ」

一瞬驚いた顔をしたが、すぐに頷《うなず》いた。

「ええ、ぜひお願いします」

安倍さんが次にやってきたのは、二週間後だった。

やはり八時半という遅めの時間に予約を入れ、シルクのチュニックに着替えて店に現れた。普段着でレストランに行かないというのは、彼女のポリシーらしい。

今回のアントレは、グレープフルーツと海老のサラダだった。国産のほろ苦いアンディーブの上に、まるで花のようにグレープフルーツの果肉と小ぶりな海老が並んでいる。

見た目も華やかな一皿だ。

パンには、バターではなく、極上のオリーブオイルを添える。

彼女は満足げに、アントレを片づけた。

彼女が食べ終えたのを確認すると、三舟シェフがオーブンを開けた。

中には鮮やかな黄色の陶器の鍋が入っていた。

それに気づいた安倍さんは目を見開いた。

「あ、それ……！」

「この前、安倍さんがおっしゃっていたのはこの鍋でしょう」

「ええ、そうです。模様は違うけど、たぶん同じです。よくあれだけの説明でおわかりになりましたね」

志村さんが微笑んだ。

「あのとき、安倍さんは『コウノトリの模様の』とおっしゃいましたよね。コウノトリはアルザスのシンボルで、そしてこの鍋はアルザスの名物です」

「アルザス……」

彼女はなぜか絶句した。

鍋の蓋のまわりには密着させるためにパン生地がはりつけてある。シェフがそれをペティナイフで取り除いた。

「どうぞ。この香りもごちそうですから」

シェフはその鍋を安倍さんの前に運んだ。そしてゆっくりと蓋を開けた。

とたんに豊かな香りがあふれ出した。安倍さんが息を呑む。

離れたテーブル席で、タルト・オ・ショコラを食べていたカップルが振り返った。香りがそこまで届いたのだろう。

鍋の中には仔羊肉と野菜が入っている。

「ラードを鍋に塗って、そこに下ごしらえをした野菜と肉を入れ、パン生地で蓋をして、オーブンでじっくり焼く。それが、この鍋――ベッコフの調理法です」

「ベッコフ……そういう名前なんですね」

「どうぞ、お召し上がりください」

シェフは鍋の中身を、無造作に皿に盛りつけた。岩塩とマスタードを添えて、彼女の前に置く。

おそるおそるナイフで肉を切り、口に運ぶ。

「おいしい……」

「鍋にはラードを塗っただけで、水もいれない。素材そのものの味です。蓋をパン生地で密封しているから香りも逃げません。しかも分厚い陶器はゆっくりと熱を抱え込み、素材を蒸し焼きにします。直火で焼くのとは全然味わいが違う」

彼女は静かに料理を口に運んでいた。なぜか、涙が目に浮かんでいるように見えた。

ふいにシェフが尋ねた。

「和解はできましたか?」

「え?」

彼女が目を見開いた。

「フレンチとの和解。いいえ、それよりあなたと大切な人との和解」

彼女の唇が震えた。

「なぜ……それを……」

†

たしか、前に店にきたときに彼女はぽつりと言った。

「フランス料理と和解しにきたんです」と。だが、ぼくもそのことばをすっかり忘れていた。

「どうして……」

呆然と疑問を繰り返す彼女に、シェフは言った。

「お話を聞いていたとき、不思議に思ったんです。フランス料理ははじめてだとおっしゃるのに、二十代の頃からパン・ド・カンパーニュを知っている。今ならまだしも、その当時、一般的に知られていたパンじゃない。また、一度家に帰って着替えてレストランに行くという習慣は、フランス人には一般的だけど、日本ではそうじゃない。だから、思ったんです。あなたの身内に、フランス人かフランス料理の関係者がいるんじゃないかと」

「でも……仲違いしているとは限らないでしょう」

彼女の反論に、シェフは首を振った。

「いいえ、もし、今でも身近な存在なら、ベッコフのことはその人に訊けばいい。でもあなたはそれを知らなかった。訊くことができない理由があったのだと思いました。……たとえば、もう亡くなっているとか」

「父です……。十八年前かしら……わたしがパン屋を始めた頃に他界しました。フランスの……ちょうどアルザスで、心筋梗塞を起こして」

だから彼女はアルザスと聞いたときに、声を詰まらせたのだ。

「ベッコフは、父の遺品の中にありました。なにに使うかわからないままに持って帰り、家でそのままにしてありました」

「お父さんはフランス料理の……？」

「料理人でした。軽井沢シャトーホテルの」

歴史ある老舗《しにせ》ホテルだ。腕のいい料理人だったのだろう。

彼女は、ナイフとフォークを置いた。静かに語りだす。

「父の得意なフレンチは、濃厚でクラシックな……つまりバターと生クリームをたっぷりと使った料理でした。ヌーベルキュイジーヌなどフレンチじゃないって、よく言ってました」

つまり、彼女は父親の得意とする料理を食べられなかったのだ。

「母はわたしが小さい頃、事故で亡くなりました。それから、父はわたしを東京の祖母に預けたまま、自分は軽井沢で働き続けました。会えるのは数か月に一度だった。気持ちなど、通じるはずはないですよね。わたしは自分がいらない子だから捨てられたように思っていたし、父はそんなわたしの気持ちを打ち消せるほど、器用じゃなかった。料理を作ることしかできない人でした。でも、わたしには父が人生を捧げた料理が食べられない」

彼女はためいきをつくように語った。

「結局、互いに歩み寄ることはできないまま、父は逝《い》ってしまった。罵《のの》り合ったわけでも、憎み合ったわけでもないけど、気持ちを通い合わせることができませんでした」

彼女は、目尻の涙を拭《ぬぐ》った。

「〈ア・ポア・ルージュ〉で高築さんから、〈パ・マル〉にきてくださいと言われたとき、動揺してしまいました。まるで父と和解をするようにと言われたような気がした」

「和解はできましたか？」

彼女は少しだけ笑みを浮かべた。

「フレンチとは。でも、結局父とは和解できるはずないですよね。もうこの世にいないのだもの」

「そうでしょうか」

シェフのことばに、彼女は目を見開いてまばたきをした。

「もうひとつ、お話ししてないことがあります。このベッコフという鍋。どういう場所で焼かれるか、ご存じですか？」

「先ほど、オーブンっておっしゃいました」

シェフは頷いた。

「ええ、オーブンです。でも、普通のオーブンじゃない。パン屋のかまど。パンを焼いたあとの残り火で焼かれるんです」

彼女は手で口を押さえた。

たしか、彼女の父親が亡くなったとき、彼女はまだパン職人だったはずだ。

「家庭で、ベッコフに材料を入れて、それを行きつけのパン屋に預けるんです。そしてパン屋はパンを焼いたあとのかまどに、預かったベッコフを入れて蓋をする」

あとは時間がおいしい料理を作ってくれる。

「これは推測にすぎません。でも、このベッコフは、お父さんからあなたへのプレゼントだったんじゃないでしょうか」

うまく愛情を伝えられない父親の、せめてもの娘へのプレゼント。

「もしくは、これを使って、あなたに自分の料理を振る舞おうとしたのかもしれない。ベッコフで作れば、バターも生クリームも必要ない」

彼女の喉が震えた。指で涙を拭う。

「でも……もう遅いわね。パパは死んでしまった。和解なんてもうできない」

シェフは目を細めた。

「そんなことはありませんよ。お父さんはすでにあなたに歩み寄っていた。だから、あとはあなたがお父さんに歩み寄ればいい」

そう、たとえば、密封されたベッコフの香りが蓋を開けられると同時に広がるように、閉じ込められていた愛も、それに気づいた瞬間に心を満たすものなのかもしれない。

彼女は低く嗚咽《おえつ》した。

青い果実のタルト

Tartes aux myrtilles

その日、ぼくは友達と会うために街に出た。

ぼくが働いているビストロ・パ・マルの休業日はだいたい火曜日。カレンダーどおりに休む会社員の友人には、なかなか会えなくなった。

まあ、それは仕方がない。サービス業に就《つ》いたからには、人が休んでいるときには働いて、人が働いているときに休むことになるのは覚悟の上だ。それに、みんなと同じ時期にしか休めないと、買い物や映画も込んでいるときにしか行けない。

平日の映画館は、人気の新作でも並ぶ必要などないし、買い物も散髪もいつも空《す》いている。ゴールデンウィークに九連休とかいう話を聞くと、たしかに羨《うらや》ましくて涎《よだれ》が出そうになるが、慣れれば平日休みというサイクルも、悪いものではない。

約束をしていたのは、高校の同級生である大堀《おおほり》という男だ。

去年までサラリーマンをしていたのだが、今年の初めに転職をして都内の高級ホテルに勤めるようになった。つまり、ぼくと同じく、平日にしか休めない人間の仲間入りをしたわけで、それならひさしぶりにゆっくり話でもしようということになったのだ。

ぼくらが待ち合わせたのは、最近できた外資系ホテルのティールームだった。

正直な話、女性ならともかく、二十代半ばの男性がふたりで会うのには、ちょっと妙な場所だ。普通の職場で働いている男なら、気後《きおく》れするかもしれない。

なんたって、コーヒー一杯が千五百円もするのだ。

だが、大堀もそこに偵察に行きたいと言ったし、ぼくも一流ホテルのサービスがどういうものか興味があった。

気軽なビストロとはいえ、フランス料理店で働いていると、高級店への抵抗感も学生の頃に比べて、ずいぶん薄れてきた。

自分で手が届かないものばかりの高級ブランド店にはもちろん入れないが、ホテルのティールームでコーヒーを飲むくらいはまったく抵抗がない。別に冷やかしではなく、ちゃんとした客なのだから。

ホテルのティールームは、中庭に面した光のあふれる空間だった。

天井にあるガラスのシャンデリアに反射した光の欠片《かけら》が、テーブルや床で揺れている。デートなどで来たらロマンティックな空間かもしれない。

もっとも、商談らしき背広の男性も多いので、男性客が浮いているわけではない。大堀は背が高く、清潔感のある風貌をしている。ぼくと違って、容姿は接客業向きである。まあ、ぼくも二枚目ではないけど、人に威圧感を与える顔立ちではない。よくおばあちゃんに道を尋ねられる。

平日の昼間なのに、ティールームはほぼ満席だった。

たしかに、気持ちのいい空間だし、サービスも過剰に慇懃《いんぎん》ではなく、気持ちがいい。コーヒーがなくなると、ささっとおかわりを注ぎにきてくれる。

千五百円が高いか安いかは、個人の価値観の問題だが、この心地よい空間と時間を買うと思えば、そう突飛な値段でもないかもしれない。

大堀はハードワークのせいか、少し痩せていた。

「どう、仕事は?」

ありきたりな質問をすると、ちょっと力なく笑う。

「いや、やりがいあるよ。客の反応がダイレクトに返ってくるし、語学だって活《い》かせるしさ」

彼は子供の頃、海外で生活していたので英語が得意だ。その上、中国語も勉強していたと聞いている。

語学力を活かしたいなら、ホテルマンはもってこいの仕事だと思うが、そう言う彼の表情は少し浮かない。

「なにかあったのか?」

ぼくがそう尋ねると、彼はコーヒーを一口飲んでから答えた。

「昨日、やらかしちゃってさ」

「やらかした?」

どんな仕事でも失敗はつきものだ。だが、接客業の失敗は、相手の失望がはっきりと目の前に突きつけられる。しかも、こちらが怒られるだけならまだいいが、お客さんに迷惑をかけてしまうことがあれば、なおさら気持ちは落ち込んでしまう。

しかし、こちらも人間だ。なるべく失敗を少なくする努力はできても、まったく失敗をしないことなどできない。

「なにをやったんだ?」

「常連客がダブルの部屋に二名で宿泊してたんだけど、奥さんに一緒に泊まっているふりをして部屋番号尋ねられて、教えちゃったんだよね」

それは普通のことではないか、そう言いかけてはっと気づく。

「まさか……」

「そう、そのお客さん、愛人と泊まってて……奥さんはアタリをつけてやってきたらしいんだ……」

大堀はためいきをつきながら言った。

「でも教えるなとは言われてなかったんだろう」

「そうなんだけどさ。ちらっと思ったんだよ。もしかしたらヤバイんじゃないかって」

「ああ……」

想像もしなければ仕方がないことだと割り切れるが、「もしかしたら」とよぎるものがあったなら、よけいに後悔する。

「で、あっという間にホテルの部屋に踏み込まれて、そのまま修羅場突入」

「そりゃあ、なんていっていいか……」

「まあ、俺がどうしようもないドジ踏んだってわけじゃないけどさ、嫌な予感がしたんだから、もっとうまく対処できればよかったと思ってさ。実際、先輩なんかはそういうときはうまくこなしているしさ」

大堀は大きくためいきをついた。

「高築はいいよなあ。フランス料理店だったら、そこまで修羅場を見ることはないだろう」

「うーん」

たしかにホテルのように即、密会につながるわけではないが、レストランだって不倫などの舞台になることは多い。

「とりあえず、忘れ物は絶対こっちから連絡できないよな」

「ああ、たしかにな」

携帯電話や傘など、お客さんが忘れていくものは多い。

予約時に電話番号は聞いているが、こちらからは絶対にそれを知らせないようにしているし、自宅に送ることもない。

働きはじめたとき、書類袋の忘れ物を気軽に連絡しようとして、料理人の志村さんに注意された。

「忘れ物はちゃんと保管して、連絡があったらすぐわかるようにしてくれればいいから」

「どうしてですか？　こちらから連絡してあげたほうが親切なんじゃ……」

志村さんはちょっと困ったような顔で笑った。

「うん、多くの場合はね」

「だったら……」

「でも、ごくたまに、連絡をしてほしくない人がいるかもしれないだろう」

奥さん以外の女性と食事にきていたり、また配偶者や身内には嘘をついてきている場合もあるかもしれない。

こちらから連絡することで、そういう人には迷惑をかけてしまう。忘れ物を連絡することで、喜んでくれる人は多いだろうが、連絡しなくても必要なことならば、お客さんのほうから電話をかけてくる。連絡してはいけない人に連絡してしまった場合は、取り返しがつかないのだ。

それを考えると、たとえ忘れ物があっても連絡はしないという判断のほうが正しいと思えてくる。

細やかなサービスというのは、ただ過剰に世話を焼くこととは根本的に違うのだと、ぼくはそのときに知った。

大堀はためいき混じりにつぶやいた。

「正直なところさ、なんで不倫カップルのために気を遣《つか》わなきゃならないんだ、と思う気持ちもある」

そういえば、彼は高校のときからモラリストだった。女子に人気はあったが、ひとりの彼女と長くつき合っていたし、二股をかけていた同級生の男子に、本気で怒っていたのも覚えている。

「芸能人カップルとかさ、ちゃんと前もって連絡があって、別々にホテルに入っても、同じ部屋に案内するようにお達しがあるんだよな。宿泊客に、居心地よくくつろいでもらうためのサービスならともかく、不倫カップルが心ゆくまで不倫できるように手助けする仕事なんて選んだつもりはないんだけどなあ」

だが、ホテルやレストランにそういう顔があるのも事実だ。

お客さんのプライバシーにまで立ち入ることはほとんどないけれど、ふとした拍子に、いつも一緒に現れるカップルが夫婦ではなく、どちらかあるいは両方に配偶者がいることを知ることはある。

その場合、まったく無関心でいられるほど、ぼくはこの仕事に慣れてはいない。

その人の配偶者は、自分のパートナーがよそに恋人がいることを知っているのか、もしそれを知ったらどう思うのか、なんて考えてしまう。

「大人の関係」などという言い方は嫌いだ。

結局、それはだれかを傷つけている関係にすぎない。

だが、もちろん、自分に彼らを糾弾する権利もないし、そのつもりもない。

レストランの密会は、ホテルよりも生々しくはないし、かすかな違和感を覚えながらも素知らぬふりをし続けるだろう。

それ以外の点では、ぼくはレストランのギャルソンという仕事を気に入っている。

そして、それは大堀も同じなのだろう。

その後、話は大堀の彼女のことになった。高校の頃からつき合っているからそろそろ結婚を考えているらしく、彼女の両親に会いに行ったり、式場を下見したりしているようで、幸せそうなのが伝わってくる。

しかし、シンクロニシティというものはあるものである。

謎の出来事が起こりはじめたのは、その翌日からだった。

†

最初にそれを言いだしたのは、若い女性のふたり連れだった。

店によっては、ランチのコースのとき、最初からデセールの注文を受けるところもあるが、食事を終えたときの感覚で、食べたいものも変わる。うちでは、デセールの注文はメインの食事が終わってから取りに行くことにしている。

デセールのメニューを席まで持っていく。

しげしげとそれを眺めて、片方の女性が言った。

「今日はブルーベリーのタルトは置いていないんですか？」

「ブルーベリーですか？」

思わず聞き返してしまったのは、ブルーベリーのタルトは〈パ・マル〉の人気メニューでもなんでもないからだ。

フリュイ・ルージュ——その日の赤い果実、フランボワーズやイチゴやコケモモなどを使ったタルトならばよく焼いているし、今日もメニューにある。

だから、一応言ってみた。

「タルト・オ・フリュイ・ルージュでしたらありますが」

彼女はそれを見て頷いた。

「仕方ないですね。じゃ、それを」

首を傾げながら、メニューを下げる。

ぼくの記憶にある限り、〈パ・マル〉でブルーベリーのタルトを出したことはない。なのに、彼女はまるで「はじめからそれが食べたかった」ような口調だった。

もちろん、もともとブルーベリーのタルトが特に好きな人なのかもしれない。

女性の顔には見覚えがなかったし、少なくとも常連客ではないと思う。

ぼくは、〈パ・マル〉のオープン当初から働いているわけではないから、昔のことは知らない。前はブルーベリーのタルトがメニューにあったのかもしれない。

〈パ・マル〉のメニューを決めるのは、三舟シェフだ。

〈パ・マル〉にはオーナーもいるけど、ほとんどメニューには口を出さない。ときどき、シェフが志村さんに相談しているのは見るが、基本はシェフの一存で決めていると言っていい。

もともと、大きな店ではないからさほどメニュー数も多くない。

アントレとプラは、だいたい五、六品程度、デセールも日によって違うがそのくらいだ。

メニューはいつも、季節の素材を中心に決めていく。カスレなどの〈パ・マル〉の人気メニューは一年を通して出すし、その日いい材料が手に入れば、普段作らない料理がメニューに入ることもある。

一方、ほとんどメニューに入らない素材や料理もある。理由はよくわからないが、要するにシェフがあまり得意でなかったり、好きでなかったりする素材なのだろう。

そして、ブルーベリーもそういう素材のひとつだ。

マチェドニアに入っていたり、デセールの彩りに添えられたりするからまったく使わないわけではないが、ブルーベリーがメインになることはほとんどない。

まあ、別の店と間違えた可能性もある。そう考えて、ぼくはその疑問を頭から追い出した。

だがその日のディナーのことだった。

手の塞《ふさ》がっているぼくの代わりに、デセールの注文を取りに行ってくれた、ソムリエの金子さんが言った。

「ねえ、うちってブルーベリーのタルト、出してたっけ？」

「え？」

ぼくは驚いて、エスプレッソを淹《い》れていた手を止めた。

「い、いいえ、出してなかったと思いますけど、どうしてですか？」

「さっき、訊かれたの。ブルーベリー・タルトはありませんかって」

一日に、ふたりからそんなことを訊かれるのは珍しい。

「ぼくも今日、ランチで尋ねられましたよ。ブルーベリーのタルト、ありませんかって」

「本当？」

金子さんは目を丸くした。

「流行《はや》ってるのかなあ、ブルーベリー・タルト」

そういえば、デセールにはそのときの流行もある。雑誌やテレビが取り上げると、それまで無名だったお菓子に、一気に注目が集まるのだ。

料理やワインにも流行はあるが、デセールほど顕著ではない。

そんなことを考えつくなんて、やはり金子さんは若い女性である。ソムリエだけあって、普段は甘いものよりもワインという人なのだが。

「でも、その割に地味よね。ブルーベリーのタルトって」

たしかに。フランス料理のデセールというよりも、ホームメイドのお菓子というイメージだ。

シェフが作りたがらない理由もそのあたりかもしれない。

ディナーの客がほとんど帰ったあと、一応シェフに報告しておいた。

「ブルーベリー・タルト?」

シェフはオーブンを拭き上げながら、不審そうな声をあげた。

その声を聞く限り、シェフのほうもまったく覚えがないらしい。

「はい、今日、ふたりのお客さんにそう訊かれました」

「ブルーベリー・タルトねえ……」

あまり興味がないような声でつぶやく。

「〈パ・マル〉で前、出してたんですか？」

「いいや、タルト・オ・フリュイにのせることはあっても、ブルーベリー単品というのはないなあ」

志村さんも話に加わる。

「昨日、テレビかなにかでやってたんでしょうかね」

「そういう可能性はあるな」

たしかにテレビでおいしそうな料理の映像を見てしまうと、それを食べたくなる。案外、そういう単純なことかもしれない。

「シェフはあんまり作らないですよね」

金子さんのことばに、シェフは首を傾げた。

「そうだなあ」

フレンチのデセールっぽくはないというのも、もちろん理由のひとつだろうが、それでもフランボワーズのタルトは、よく作っているのだ。似たようなものではないだろうか。

「フランス語ではブルーベリー・タルトってなんて言うんですか」

金子さんの質問には志村さんが答えた。

「タルト・オ・ミルティーユ」

「あまり聞いたことないわね」

たしかに、タルト・オ・フレーズやタルト・オ・フランボワーズはほかのケーキ屋さんでも耳にするが、タルト・オ・ミルティーユというのはあまり聞くことはない。

「基本的に、フランスのブルーベリーと日本のブルーベリーは少し違うからなあ」

「そうなんですか?」

ぼくが尋ねると、シェフは頷いた。

「主に、日本で出回っているのはオーストラリアやアメリカのブルーベリーだな。フランスでミルティーユと呼ばれているものは、ブルーベリーとは厳密に言うと少し違う。種類は近いから、ブルーベリーもミルティーユと呼んでいるだけの話だ。本物のフランス産ミルティーユは日本では冷凍しか手に入らないだろう」

「だからシェフは作らないわけですか?」

「まあそうだな」

ビストロ・パ・マルは一応、フランスの地方料理が売りである。それを考えると、ブルーベリー・タルトはあまりメニューにふさわしいとは言えないかもしれない。

奥のオフィスに引っ込んでいた志村さんが、ノートパソコンを持って戻ってきた。

「これのせいみたいですね」

ノートパソコンを開くと、すでにインターネットブラウザが立ち上げてあった。画面はブログだった。

「ビストロ・パ・マルに行ってきました」

というタイトルで、青みがかったライトの中で〈パ・マル〉の料理の写真がアップされている。

基本、雑誌の取材などはすべて断っているのだが、お客さんがブログなどで紹介することは止められない。

最近では、ブログを読んだというお客さんも増えてきているし、ああ、ブロガーだな、と思うことも多い。

料理を食べるよりも時間をかけて写真を撮影しているような人は、たいていそうだ。

前菜はブーダン・ノワール、メインは仔羊のロティと続いて、最後にタルトの写真が載っている。丸く焼いたタルト生地にブルーベリーのような果実がのっていた。

「デザートはブルーベリーのタルトでした！　もう最高。絶対お薦めです！」

そう書かれた文章を読んで、シェフのほうを見る。シェフは眉間《みけん》に皺を寄せていた。

「これ……うちの料理だよな」

ブーダン・ノワールと、ロティは間違いなく、〈パ・マル〉のものだ。盛りつけや、使っている器を見ればわかる。

だが、ブルーベリー・タルトは、うちにはない。別の店の写真が混ざってしまったのだろうか。

不思議なのは、そのタルトの写真に見覚えがあるような気がすることだ。

更新された日付は今週の日曜日だ。これを読んだ客がブルーベリー・タルトを注文したいと思ったのだろう。

シェフも険しい顔でそのブログを眺めている。

やがて、ぽつり、とつぶやいた。

「なんかのアリバイ作りか」

「え？」

尋ね返すと、シェフはそのまま立ち上がった。

「いや、なんでもない。次から訊かれたらこう答えればいい。うちはブルーベリー・タルトは出してないってな」

それっきり興味を失ってしまったように、厨房に戻る。金子さんと志村さんは、不思議そうにそんなシェフを見送った。

†

それから三週間ほど経った、土曜日のことだった。

カウンターには、常連客である鳥居《とりい》夫婦が座っていた。三十代の夫婦で、夫の哲夫《てつお》さんは、月に一度は通ってくれるほどのお得意様だ。普段は友人や、職場の人と一緒にくるが、半年に一度くらいは奥さんの美佐子《みさこ》さんを連れてくる。

ふたりは並んで座って、料理を楽しんでいた。

ちょうど、その日は季節のホワイトアスパラが入っていたので、白と緑、そして珍しい紫のアスパラガスをビスマルク風で調理して出す。

昔はホワイトアスパラガスといえば、フランス産のものを空輸していたのだが、最近では北海道産のよいものが手に入るようになった。

アスパラガスは、特に新鮮さが重要な野菜である。シェフも仕入れから帰ってくると真っ先にアスパラガスを茹《ゆ》でるほどだ。

北海道産ならば、うまくいけば、朝摘みのものをディナーに出すこともできる。

ビスマルク風は、アスパラガスの料理法としてはいちばん一般的なもので、上に目玉焼きとパルミジャーノをのせ、目玉焼きを崩しながらアスパラガスに絡めて食べる。

ほかには、シンプルに茹でたものに自家製マヨネーズか、オランデーズソース、にんにくをきかせたアイオリソースを添えるなどのメニューがある。

旬《しゅん》のアスパラガスはシンプルに、というのがシェフの持論なのだ。

哲夫さんが、美佐子さんにこう言うのが聞こえた。

「きみがこの前、〈パ・マル〉にきたときは、もうホワイトアスパラは出てた？」

美佐子さんは軽く首を傾げた。

「ええと……どうだったかしら……」

ちょうど、カウンターの前にいた志村さんがふたりに話しかける。

「奥さん、いらっしゃってたんですか？」

「ええ、二十日ほど前に友達と。大勢できたのでシェフにもご挨拶できなくて」

彼女の顔を見ただろうか、と考える。

だが、すぐには思い出せない。美佐子さんはどちらかというと地味な顔立ちをしているし、目立たないタイプだ。

店にくるのも半年に一度だし、女性のグループできていたら、気づかない可能性も高い。

本当は、そういうときもちゃんと気づいて声をかけるのが、いいギャルソンなのだろう。そう思って少し反省する。

メインは、鴨肉の燻製《くんせい》に、ポルト酒のソースを合わせたものだった。

美佐子さんは、コンパクトデジカメをかまえて、何度かシャッターを押した。フラッシュは焚《た》いていないから、周囲の迷惑にもならない。

「彼女、最近食べ歩きのブログをやっていて、けっこう評判がいいんだよ」

哲夫さんが志村さんにそう言った。

「ブログのランキングでも上位にきていて、読者も多いらしいよ」

「それはすごいですね」

志村さんがにこにこしながら答える。美佐子さんは困ったように微笑んだ。

「昔から、文章を書くのが好きだったんです。そういう職業に就きたいなって、思ったこともありました。結婚してからはずっと家にいるから、ためしに始めてみたら、楽しくなっちゃって」

「この前、〈パ・マル〉のことも書いてたよな」

「それはありがとうございます。お友達といらっしゃったときのお食事ですか？」

「ええ、そうです」

彼女はなにかを思い出すような目をした。

「そうね……たしかブルーベリーのタルトがとてもおいしかったわ」

ほかの客のデセールを盛りつけていたシェフの動きが止まった。志村さんもはっとした顔になる。

「今日はありますか？」

シェフが振り返ってなにかを言おうとするのを、志村さんがさっと遮った。

「今日はあいにく、用意していないんですよ」

「ああ、それは残念」

美佐子さんが別の店と間違えていることを、気づかせないためだろう。シェフだったらはっきり、「うちでブルーベリーのタルトは作っていない」と言ってしまい、彼女に恥をかかせそうだ。

だが、シェフはつかつかカウンターのほうにやってくると、志村さんを押しのけた。

「ありますよ」

「え？」

「今から準備できますよ。注文していただいたら」

「わあ、うれしい。じゃあお願いします。あなたはどうする？」

「ぼくはアイスクリームかソルベがいいなあ」

シェフは頷くと、厨房の奥に入っていった。

ぼくと志村さんは視線を交わした。頑固なシェフにしては珍しい。

もちろん、タルト生地はあるし、ブルーベリーもデセールの飾り付けのために仕入れてあるから、作ることはできるだろう。

だが、シェフがブルーベリーのタルトを出さないのは、それなりのポリシーあってのことのように思えたし、なのに簡単にそれを覆すとは思えない。

しかし、それより、あのブログの作者が美佐子さんだったことにも驚いた。

どこの店と間違ったのかはまだわからないままだが。

「奥さんのブログはよくご覧になるんですか？」

志村さんの質問に、哲夫さんは頷いた。

「ああ、彼女が昼間なにをしているのかもよくわかるしね」

美佐子さんはくすくす笑った。

「専業主婦だもの。たいしてなにもしてないわ」

「いや、ぼくは興味あるね。きみが普段なにをしているか。ブログを始めてから、よくオフ会だと言って日曜日も出かけていくだろう」

「だって、ブログを通じて知り合った友達は、みんな専業主婦というわけじゃないもの。働いている人とは土日でなければ会えないわ」

「いや、別に責めてるわけじゃないんだ。趣味に打ち込んでいるきみのことが好きだしね。でも、きみがどんな友達と会っていて、どんな時間を過ごしているのか、ブログを見ているとそれがわかって安心できるってだけだよ」

仲がいいことが伝わってきて微笑ましい。

奥さんが外で友達と会うのを嫌がるという男性もいると聞いたが、哲夫さんはそういう人ではないようだ。

ちょうど、彼らがメイン料理を食べ終えた頃、シェフが白い皿を持ってきた。

そこにはふたつタルトがのっていた。

ひとつは、いつもうちが出しているタルト・オ・フリュイ・ルージュだ。丸く焼いたタルトの上にフランボワーズやクランベリーがのっている。

そして、もうひとつも赤い実のタルトだった。舟形のタルトの上にのっている。

美佐子さんは驚いたようにその皿を眺めた。

「ええと……ブルーベリーは……？」

「ちょうど、野生のコケモモが手に入ったんですよ。フランスで、ブルーベリーのことはミルティーユと言いますが、ミルティーユという単語が指すのは、ブルーベリーのことだけじゃないんです。クランベリーやビルベリーなども同じくミルティーユと呼びます。向こうの人たちは、青か赤かでその実を区別しない。同じくツツジ科のスノキの実であることには変わりはないですから」

美佐子さんの顔は、なぜかひどく強《こわ》ばっていた。

皿の上を眺めていたぼくは、あることに気づく。

あのとき、彼女のブログに載っていたブルーベリーのタルトの写真、あれにどこかで見覚えがあるような気がしたのだ。

まさに、もうひとつの丸いタルト——タルト・オ・フリュイ・ルージュだ。盛りつけも粉砂糖をふった表面も同じだ。

ただ、色が違うだけだ。彼女のブログの写真は青い果実がのっていたが、実物はその名のとおり、赤。赤い果実《フリュイ・ルージュ》なのだから当然だ。

シェフは微笑んだまま、彼女を促した。

「どうぞ。野生のコケモモのタルトは滅多《めった》に食べられませんよ」

それはさぞ、鮮烈な味がするだろう。

美佐子さんはおそるおそる、そのタルトを口に運んで、そして目を見開いた。

「本当、おいしい！　今まで食べたブルーベリーのタルトとは全然違う！」

だが、すぐにその表情はまた硬くなる。

彼女は皿の上のタルトを黙って見つめていた。

†

「美佐子さん、もうこないかもしれませんよ」

志村さんが珍しく責めるような口調で言った。

「いいんだよ、別に。こなけりゃこないで。ブログでもなんでもいいが、食べもせずに食べたような文章を書くのだけはやめてほしいね」

「それを怒っていたんですか？」

志村さんは苦笑した。

閉店後、後片づけをしながら、ぼくはふたりの会話を聞いていた。いったいどういうことか訊きたい気持ちはあるが、なにを訊いていいのかもわからない。

我慢できなくなったのか、金子さんが尋ねる。

「ねえ、いったいどうしたんですか？」

「あの、ブログのブルーベリー・タルトは、うちのタルト・オ・フリュイ・ルージュだよ」

それはぼくも気づいた。だが、色が違うのだ。金子さんもその疑問を口にする。

「でも、青かったですよね」

それには志村さんが答えた。

「たぶんカメラのモードじゃないかな。ホワイトバランス」

「え？」

「オートなら自動で判断して変えてくれるけど、もし蛍光灯のモードにしたまま、日光の下や白熱灯の下で撮影すると、すべてが青く映るんだ」

「それで、赤いタルトが青く？」

「そういうことだと思うよ」

それでももし店にきて、実物を見ていれば、色がおかしいことはわかったはずだ。

彼女があのタルトをブルーベリーだと勘違いしたということは、つまり彼女は実物を見ていない。〈パ・マル〉にもきていないということの証明である。

「でも、なぜ……」

きてない店にきたという嘘をブログに書いたのか。写真なら、別の人に撮ってもらうことはできるが、嘘をつく理由がわからない。

金子さんが独り言のようにつぶやいた。

「夫に知られたくない場所に行っていた……」

「まあ、そういうことだろうな」

シェフはコンロを掃除しながら頷いた。

「〈パ・マル〉はカモフラージュにちょうどいい。まさか夫の行きつけの場所に、男と一緒に行くはずはないと旦那も思うだろう。普通はそんな危険なことはしない。だが、その店に行くはずはないと旦那も思うだろう。

写真だけを別の友達に撮ってもらう。ぼくら従業員は「絶対にこなかった」と証言することはないだろうし、「覚えていない」と言われても、気づかれなかっただけだと言い張ればいい。

金子さんがぽつんとつぶやいた。

「哲夫さんは気がついたかしら」

「さあな」

今ははっきり確信にいたらなくても、かすかに違和感を抱いたかもしれない。

もしくは美佐子さんが嘘のあやうさに気がついたか。

「青い果実のタルト〈タルト・オ・フリュイ・ブル〉か……」

もし、そんなタルトが存在するのなら、それは秘密の味がするだろう。

共犯のピエ・ド・コション

Complicité au pied de cochon

ときどき思う。店というのは小川の中の小石みたいなものだと。

お客は魚で、一度通り過ぎてはもう戻ってこない人もいれば、そのあたりにとどまって、何度も小石のそばまできてくれる人もいる。

しばらく姿を見ないかと思うと、がらりと違う印象で現れる人もいる。

もちろん、岩ではなく小石だから、こちらもそれほど堅固に同じ場所にいられるわけではない。濁流がくれば簡単に押し流されてしまうだろう。その場にいても、形が変わってしまうかもしれない。

それでも、ひさしぶりに懐かしい顔のお客さんが現れると、ここで店を続けていられてよかったなあ、と思うのだ。

ビストロ・パ・マルは商店街の中にある小さなビストロである。

雑誌などの取材は基本的に断っているので、客はたいてい常連か近所の人たちだ。

それでも口コミで訪れる客や、常連が連れてきたお客さんがまた別のお客さんとやってきたりして、そこそこ賑《にぎ》わっている。

予約を取るのに苦労すると言うほどではないが、三、四日前にはたいていテーブルが予約で埋まっているというのがいつものパターンだ。

だが、いきなりくる常連客もいるし、予約を間違えて多く取ってしまうというトラブルもないわけではないから、カウンター二席は常に空けることになっている。

九時近くになってから、店のドアが開いた。

「こんばんは。ひとりだけど、空いてますか?」

四十代くらいの落ち着いた印象の女性が入ってくる。ぼくははじめて見る人だ。

「カウンター席でよろしければご案内できますが」

そう言うと彼女はにっこりと笑った。

「もちろん。お願いします」

真ん中で分けたセミロングの髪と、ベージュのカシミヤのセーター。派手ではないが、品の良さを感じさせる服装だ。大きなブリーフケースを持っているところを見ると、働いている女性なのだろう。

ぼくは彼女をカウンターまで案内した。とたんに志村さんがうれしそうな声をあげた。

「村上《むらかみ》さんじゃないですか！」

厨房はすでにメインを出し終えて、一段落ついている。デセールも今日は、盛りつけるだけのものが多く、手間のかかるメニューはない。

「おひさしぶりです。覚えてくださってたなんて感激です」

「忘れるはずありませんよ。お元気そうでなによりです」

奥でアイスクリーマーのチェックをしていた三舟シェフもカウンターにやってくる。

「シェフ、おひさしぶりです！」

村上と呼ばれた女性は、人なつっこい仕草でシェフに向かって手を振った。

「おひさしぶりです、その後いかがですか」

シェフがそう言ったあと、志村さんがなにかを思い出したようだった。

「すみません。今は村上さんじゃない……ですよね」

「ええ、館野《たての》です」

メニューを渡したあと、ブリーフケースと上着を預かってキャッシャー脇のクローゼットにしまう。そのままぼくは、ソムリエの金子さんに話しかけに行った。

「金子さん、あのお客さん知ってます？」

「え、ああ、村上さんね。二年くらい前までは月に一度くらいいらっしゃってたの。高築くんはまだ、その頃いなかったよね」

ぼくがこの店で働くようになってから、だいたい一年半。月に一度ならなかなかの常連客だ。

「たしか、離婚されたのよね。そのあとからはいらっしゃってないんじゃないかしら。だいたい、それまではパートナーの方と一緒だったから」

なるほど、それなら志村さんとシェフが喜んでいるのも当然だ。

志村さんが尋ねる。

「冬樹《ふゆき》くんは元気ですか？」

「ええ、あの子、身長が二十センチ近く伸びたの。びっくりよ」

「今は中学生ですよね」

「そう、中学一年生。月日の経つのって早いわね」

たぶん、館野さんの息子さんの話だろう。離婚して、女手ひとつで息子さんを育てるのはなかなか大変だろう。

「冬樹くんは、今は？」

「今日は、実家の母がきてくれてるんです。だから、ちょっと羽を伸ばしたくなって……。悪い母親ですよね」

館野さんは悪戯っぽく笑った。

「息抜きは誰にでも必要ですよ」

三舟シェフはデセールの皿にラズベリーとマンゴーのソースで絵を描きながら、そう言った。

館野さんがメニューを閉じたのでオーダーを取りに行く。

彼女は、〈パ・マル〉特製の田舎風パテと、若鶏のフリカッセを注文した。下戸《げこ》だということでワインではなく、ライムを搾《しぼ》ったペリエを頼んだ。

オーダーが終わると、志村さんがまた彼女に話しかけた。

「また機会がありましたら、冬樹くんとご一緒にいらしてください。中学生でしたらディナーも歓迎ですよ」

騒ぐ子供がいるとほかの客にも迷惑なので、一応ディナーは小学生以下の子供はお断りしている。だがこれも微妙な問題で、子供でも騒がず行儀よく食べる子はいるし、酔って騒いで、まわりに迷惑をかける大人もいる。

「ありがとう。実は来月、冬樹の誕生日なの。もう中学生だし、ちょっとあらたまったところで食事会をしてもいいかなと考えてるの」

「ぜひ、いらしてください。誕生日の特別デセールを用意しますよ」

「ありがとう。じゃあおことばに甘えちゃおうかな」

彼女はペリエを一口飲んで微笑んだ。それから、カウンターに肘をついて指を組んだ。

「実はね、わたし、再婚するんです」

「それはおめでとうございます」

シェフと志村さんがまるでハモるように言った。そのあと、三人で噴き出す。

「本当はね、冬樹がせめて大学に入るまでは再婚しないつもりだったんです。だって、微妙な年頃でしょう。離婚したことで、冬樹の心を傷つけてしまった自覚はあるし、仕事があるからどうしても母親業も完璧にはこなせない。あの子が十八歳になるまでは、自分のプライベートの時間は、全部冬樹のために使おうと思っていたんです」

志村さんは目を細めた。

「でも、お母さんが笑顔で幸せでいるのが、子供にはいちばん大事ですよ」

「ありがとう」

館野さんは指を組み替えて、軽く首を傾げた。

「息子には男親が必要だからって、見合いを勧める人もあったわ。すごく無神経よね。

母親だけじゃなにかが足りないみたい。だから、絶対再婚なんかしてやるものかって思ったの。冬樹も、前の父親にすごく腹を立てていたから、『父親なんて絶対にいらない』って言ってたし」

金子さんがそっとぼくに囁く。

「離婚の原因は、彼の浮気だったそうよ」

館野さんはかなり饒舌《じょうぜつ》だった。だが大声ではなく、控えめな声でゆっくり喋るので、よく喋っていても騒がしい感じはしない。話し方には外見以上に人柄が出る。

「そのお気持ちが変わられるほど、いい人に出会えたんですか？」

志村さんのことばに、館野さんは少女のように目を伏せた。

「うん、まじめで優しくて、とてもいい人なの。友達に紹介してもらったんだけど、最初は見た目もぱっとしないし、無口だし、にこりともしないし、専門バカで自分の興味のあることしか話さないし、で、とても無理って思ったんだけど」

「無理じゃなかったってわけですね」

「そう。よく知ってみれば、すごく素敵な人だった」

恥ずかしそうに微笑む。

シェフが、前菜の田舎風パテをカウンターに置いた。一緒にカリカリに焼いたバゲットとアンディーブやピクルスが添えてある。

「わあ、おいしそう。懐かしいわあ」

館野さんは目を輝かせてフォークを取った。パテをバゲットの上にのせて口に運ぶ。

「ああ、この味。全然変わってないのね」

豚肉や、鶏のレバーを粗く挽《ひ》き、あえて野趣あふれる味に仕上げたパテは、〈パ・マル〉のスペシャリテのひとつである。メニューの入れ替えは季節ごとにするが、田舎風パテだけは、いつも前菜の最初の行に陣取っている。

あえて変えないのは、こんなふうにひさしぶりにくるお客に、懐かしさを感じてもらうためかもしれない。

フォークとナイフを動かしながら、館野さんは話を続けた。

「再婚に踏み切ろうと思ったのは、その人が単にいい人だったというだけじゃないの。冬樹がね、すごくその人になついているの」

「それは本当によかったじゃないですか」

志村さんのことばに頷きながら、館野さんはちょっと微妙な顔をした。

「なんか魔法みたいだったわ。最初は引き合わせるつもりはなかったんだけど、わたしが彼と約束をしている日に具合悪くなってしまって、家で寝てたの。そしたら、心配して家まで看病にきてくれたわ」

「優しい人ですね」

「そう。その日、冬樹は友達の家に遊びに行っていて、冬樹が帰ってくる夕方までに彼には帰ってもらうつもりだったんだけど、そのまま眠ってしまって……気がついたら夜で、ダイニングで冬樹と彼がふたりで晩ごはん食べてたの」

「それはそれは」

志村さんが苦笑混じりで笑った。

「相性がよかったんでしょうね」

普通なら、自分の母親の彼氏と鉢合わせするなんて、あまり気持ちのいい体験ではなさそうだ。

「まあ、彼は高校の生物教師なの。だから男の子の扱いには慣れてたのかも。でも全然社交的な感じのない人なのよ。あんなに簡単に仲良くなってしまうなんて信じられなかった」

館野さんはなにかを思い出すような目をした。

「それだけじゃないの。冬樹はすごく偏食で、肉類がいっさい食べられなかったんだけど、なぜかふたりでフライドチキンを食べてたの」

「フライドチキン？」

「そう。うちのマンションの一階にテイクアウトのフライドチキンのお店があるのね。だから、彼――隈川《くまかわ》さんがフライドチキンを買ってきたのは全然不思議じゃないんだけど、普通だったら冬樹は絶対に手をつけないのよ。それなのに食べてた」

「偏食があると、子供っぽいと思われると、考えたんじゃないでしょうか」

たしかにそれはあり得る。中学生なら背伸びしたい年頃だ。母親の恋人を前にして、子供に見られたくはなかったのかもしれない。

「おおかたそんなところよね。でも、その日から鶏肉が食べられるようになったし、フライドチキンは大好きになったのよ。本当に助かる。わたしが残業で遅くなったときに、『買ってきて食べてね』って言えるでしょ」

「そうですね」

肉類が駄目なら、外食やテイクアウトはなかなか難しい。

「栄養のこともすごく気になってたの。卵は食べるけど、それだけじゃ充分じゃないでしょ。でも鶏肉だけでも食べてくれるようになったから、本当に安心した。手羽先の煮物なんか大好きになってくれたし」

「魚はどうですか？」

「切り身はまだ食べてくれたんだけど、一尾まるまるだと嫌がって箸《はし》をつけなかったの。でも、それも最近、食べられるようになったわ」

館野さんの答えを聞いて、志村さんは微笑んだ。

「偏食があっても、ちゃんと克服できる子は大丈夫ですよ」

「そうね。今もまだ、牛肉と豚肉は駄目だけど、鶏と魚が平気になったのは本当に進歩だわ」

グラスのペリエが残り少ない。ぼくは館野さんに近づいて、緑の瓶を手に取った。グラスにペリエを注ぐ。

「野菜はどうですか？」

「茄子《なす》と生のセロリは嫌いだけど、そのくらいね。野菜類はもともとそんなに好き嫌いはなかったの」

そのくらいなら、まあひどい偏食というほどではない。実際、ぼくも子供の頃はセロリも茄子も嫌いだった。

「そのあとも、冬樹のほうから『隈川さんに会いたい』なんて言うから、彼とはわたしの家で会うようになったの。わたしが夕食を作っているときなんか、ふたりで冬樹の部屋でずっと話し込んでいるし、本当にびっくりよ」

「なにか同じ趣味でもあったんでしょうか」

「プラモデル作りですって」

「ああ」

志村さんは微笑んだ。「それはだいたい男子の趣味ですね」

「そう。わたしはもちろん、ときどき買ってやったけど、どんなものを作ってるかとか、作り方とかにはまったく興味はないわけでしょ。隈川さんとはそういう話もできて、うれしかったみたい」

だが、そう言ったあと館野さんは首を傾げた。

「でも、隈川さんの家にも行ったけど、プラモデルなんかひとつもなかったけどな」

「若い頃は作っていたけど、大人になってからはやらなくなったんじゃないですか？ぼくもそうですよ。実家に置いてきました。でも、今も作ろうと思ったら作れますよ」

「やっぱり、そういうものなのかしら」

空になった前菜の皿を下げる。シェフは若鶏のフリカッセに仕上げの生クリームを入れている。

「わたしの仕事って、ときどき出張があるの。できるかぎり同僚に代わってもらってるんだけど、なかなかそうもいかないことがあって……そういうときは実家の母にきてもらってたんだけど、冬樹が言うの。『隈川さんのところに泊まりに行きたい』って」

「それはかなりのなつき方ですね」

「そうなの。なんか悪いことでも教えられたのかと思うくらい」

そう言いながらも、館野さんはくすくすと笑っている。たぶん、隈川さんという人の人柄を信用していて、本気でそうとは考えていないのだろう。

「わたしは彼に迷惑だからやめておきなさいって言ったんだけど、彼は『別にいいよ』って言ってくれて、何度か泊まりにまで行ったのよ。一緒に博物館とかも行ったみたい」

「それじゃあ、結婚を躊躇《ちゅうちょ》する理由はないってことですね」

志村さんのことばに、館野さんは頷いた。

「なんか外堀埋められちゃったみたい。まあいいけど。でもちょっと悔しい」

「どうしてですか？」

「男親がいないと駄目だって言われて反発してたけど、結局はそのとおりだったみたいな気がして」

若鶏のフリカッセを盛りつけていた三舟シェフが振り返る。

「でも男性だったらすべて、そんな魔法が使えるわけではないでしょう」

「たぶん……冬樹はどちらかというと、無口であまり社交的じゃないし」

湯気の立つフリカッセを、館野さんの前に置く。バターでカリカリに焼いた若鶏とたっぷりのきのこを生クリームで煮込んだ、秋にぴったりのメニューだ。

「じゃあ、魔法はその隈川さんだから使えたんですよ。男だったら誰でもよかったわけじゃない」

館野さんは新しいナイフとフォークを手にとって微笑んだ。

「そうね。本当にそう」

フリカッセの鶏肉をナイフを使ってきれいに切り分けながら言う。

「まあ、まったく不満がないわけじゃないけど」

「なんですか？」

「彼、まだ四十五歳なのに、もう入れ歯があるのよ」

「そんなことですか」

「まあね。そんなことくらいしかないってこと」

†

その日の営業が終わったあと、後片づけをしながら志村さんが言った。

「館野さん、本当によかったですね」

カウンターをダスターで拭いていた金子さんも頷く。

「離婚が決まったとき、ずいぶん消耗してたみたいですもんね。傍《はた》から見ていてもすごく痛々しかった」

レストランという場で見えるのは、お客さんたちの晴れやかな顔、リラックスした顔ばかりだ。偶然、夜の電車で見かけたお客さんの顔が、別人のように疲れ果てていて、驚いたことも何度かある。

その分、〈パ・マル〉にいる間は楽しい時間を過ごしてほしいと思っているが、店にいる間でさえ私生活の憂いをそのまま引きずっている人もときどきいる。館野さんはそういう人だったのだろう。

金子さんが思い出すように遠い目をする。

「よく、カウンターに座って閉店ぎりぎりまで、シェフのヴァン・ショーを飲んでましたよね。あんまり自分から愚痴る人じゃなかったから、よけいになんか可哀相で……」

「旦那さんが、平気で自分の浮気相手を連れて行きつけの店にくるような、無神経な人でしたからね。ぼくらの知らないところで、苦しいことはたくさんあったんだと思いますよ」

だが、今日会った館野さんは、明るい表情をしていた。話す内容も半分のろけのようなもので、毎日が充実していることが窺《うかが》えた。

「あ、だからシェフ、今日は彼女にヴァン・ショーを出さなかったんですね」

金子さんのことばに、シェフは振り返った。

「いやまあ、な。その当時のことを思い出させるのも、あんまりよくないだろうと思ってな」

ヴァン・ショーは〈パ・マル〉の隠れた名物だ。メニューには載っていないし、リクエストされたときだけ無料でサービスしている。

だが、あたたかいヴァン・ショーを必要としているような人には、シェフはなにも言わずにその人の前にデュラレックスのグラスを置く。

今日の館野さんにはヴァン・ショーは必要ないように見えた。

コースの最後に、エスプレッソをくいっと飲み干して、彼女はすぐに会計を頼んだ。長居しておしゃべりするよりも、家に帰ってやりたいことがあるのだろう。

食事は不思議だ。終わらせ方にもその人の心理状態が透けて見える。

エスプレッソで終わる食事と、カルヴァドスを一杯楽しむ食事とは、同じものを食べていても余韻がまったく違うだろう。そしてヴァン・ショーで締めくくる食事も。

†

その二週間後の土曜日、館野さんは再び店にやってきた。

冬樹くんの誕生日だということで、三名の予約が入っていた。館野さんの後ろに、ちゃんとジャケットを着込んだ男の子がいる。背だけはもう大人並みだが、顔立ちは幼い。彼が冬樹くんだろう。

「こんばんは。おひさしぶりです」

彼は志村さんやシェフに挨拶をしている。礼儀正しくまじめそうな少年だ。

館野さんたちが席についてメニューを見ていると、少し遅れて全体的に丸い感じの男性がやってきた。彼が隈川さんだろう。

あまりこういった店に慣れていないようで、きょろきょろしている。

「フランス料理なんか結婚式くらいでしか食べないからなあ。少し緊張するよ」

「ここはビストロだから大丈夫。そんな肩肘張るような店じゃないわ。ワイン飲む?」

「いや、ビールがあればそのほうがいいんだけど……」

男性ではそういうお客も多いので、もちろん種類は少ないながらビールも用意している。

「ビールはこのあたりかしら」

館野さんが指し示す部分を見て、顔をしかめる。

「あまり知らない銘柄ばかりだなあ」

うちで置いているのはベルギービールがほとんどだ。料理とのバランスを考えるとやはりそうなる。隈川さんはぼくを手招きした。

「ビールのお薦めとかはあるかい？」

「そうですね……料理にもよりますが、軽いものがお好みですとヒューガルデン・ホワイト。もしくは濃厚なものがお好みですと、シメイ・ブルーなどがよく出ます」

「じゃあ、そのシメイというのを」

館野さんはこの前と同じくライムを搾ったペリエを、冬樹くんはガス入りが好みではないということで、エビアンを注文する。

飲み物の注文が終わると、料理のメニューに移る。

「いろいろあってうまそうだなあ。ホタテのカルパッチョも、砂肝のサラダ仕立てもうまそうだ」

隈川さんは目を輝かせてメニューに見入っている。

あまりフランス料理を食べたことがない男性客はメニューを見るだけで拒否反応を起こして、パートナーにメニュー選びを押しつける人もいるが、彼は食べることには積極的なようだった。

ふいに、冬樹くんが声をあげた。

「豚足があるよ。ぼく、豚足食べてみたい」

今日は、お薦めメニューとして『豚足のガレット』を用意していた。好みも分かれるメニューだし、いつもあるわけではないのだが、今日はいい豚足がたくさん手に入ったのだ。

館野さんは眉《まゆ》をひそめた。

「冬樹、あなた豚肉は嫌いでしょ。なのに豚足なんて……」

「だって豚足なんか滅多に食べられないじゃないか。食べたい！」

困ったような顔をしている館野さんに、隈川さんが助け船を出す。

「いいじゃないか。せっかくの誕生日だから好きなものを食べさせてあげようじゃないか」

「食べられるのならいいんだけど、もし食べなかったらもったいないし……」

「ぼくが真鯛のポワレを頼むから、もし冬樹くんが食べられなかったら皿を換えてもいいよ。ぼくは豚足好きだし」

「そんなの悪いわ。隈川さんは自分で好きなものを頼んでよ」

相談の結果、館野さんはスモークサーモンのサラダと、鴨胸肉のソテー、ロックフォールのリゾット添え、隈川さんは砂肝のサラダ仕立てと、ヤリイカのファルシとフォアグラのソテーを頼んだ。そして、冬樹くんは同じく前菜にスモークサーモン、そしてメインは豚足のガレットにするようだ。

豚足は中華や沖縄料理の印象が強いが、フランスでもポピュラーな食材だという。ピエ・ド・コションと呼ばれ、柔らかく煮てマスタード風味で食べたり、ほぐして表面をカリカリに焼いてガレットにすることもある。

ぼくも正直言ってあまり得意ではない食材だったが、〈パ・マル〉の豚足のガレットを食べて印象が変わった。きちんとほぐしてあるので食べやすく、表面を焼きつけることで脂っぽさが抜けている。ぷりぷりした食感と軟骨のこりこりなど、いろんな食感のハーモニーが楽しめる。

ぼくはオーダーを厨房に通した。シェフはかすかに眉を動かした。

隈川さんは、館野さんと同い年くらいだから、会話を聞いていないと、三人はまるで本当の親子のようにさえ見える。冬樹くんにも、母親の恋人を前にしているという複雑な緊張感は感じられなかった。

賢そうな子だから、もちろん気遣いもあるだろう。だが、この年齢の少年は自分の心を偽るのが下手だ。隈川さんに本当に好感を持っているからこそ、楽しい顔もできるのだろう。

たぶん、結婚しても彼らは家族としてうまくいく。部外者から見てもそう感じられた。

オーダーを待つ間も、三人のテーブルでは会話が弾んでいた。

「隈川さんも料理はするんでしょう?」

「ずっとひとり暮らしだったからね。まあ、簡単なものくらいは作るよ。この前、冬樹くんがきたときも焼きそば作ったたな」

「うん!」

冬樹くんが勢いよく頷く。

「あら、でもすごく大きなお鍋があったから、鶏ガラスープでも取るのかと思った」

館野さんのことばに、冬樹くんがくすりと笑った。

「ああ、あれはね。ちょっとね」

なぜか隈川さんがことばを濁《にご》す。

彼らのテーブルばかりを気にかけてはいられない。ほかのテーブルを見回ったり、料理をサーブしたりするうちに、前菜ができあがった。

彼らのテーブルに皿を運ぶ。

「これはうまそうだ」

隈川さんは皿を引き寄せてナイフとフォークを取った。冬樹くんも行儀よくナプキンを膝に置いている。

シメイを飲んだ隈川さんが驚いた顔になった。

「これは、日本のビールとは全然違うなあ」

「おいしいの」

「うまいよ。本当にうまい。濃厚というか。これを飲むと、日本のビールは頼りなく感じてしまいそうだ」

もっとも、ぼくはベルギービールも好きだが日本のビールも好きだ。フランス料理と合わせて飲むのはベルギービールだが、夏、仕事が終わって自転車で家に帰ったあとにきゅーっと飲むのは日本のさっぱりしたビールでなければならない。そんなときにはベルギービールは重すぎる。あと、揚げ物などにも日本のビールのほうが合うと思う。

前菜の皿が空になったところを見計らって皿を下げる。隈川さんからはシメイのお代わりを頼まれた。気に入ってもらったことに、安心する。

できあがってきたメインをテーブルに運ぶ。

館野さんの前に鴨胸肉のソテーを置き、それから隈川さんの前にヤリイカとフォアグラを置く。冬樹くんの前に、豚足のガレットを置いたとき、彼の表情が変わった。

「これ、豚足?」

「そうです。豚足のガレットです」

彼は怪訝そうな顔で、じっと皿を見下ろした。少し不穏な空気を感じた。

館野さんと隈川さんは、すでにカトラリーを手にとって、食事を始めているが、冬樹くんはまだ皿を見下ろしている。

「どうしたの? 冬樹」

館野さんが尋ねると、彼は首を横に振った。

「これ、ぼくが食べたいのじゃない」

館野さんの顔が険しくなる。

「ほら、ご覧なさい。だからやめておいたらって言ったのに」

「違うんだ。豚足は本当に食べたかったんだ。でも、これは違う」

隈川さんが優しい声で言った。

「一口食べてみたらどうかな。おいしくなかったら残してもいいし」

だが、彼は首を横に振るばかりだった。

「違うんだ、違う……」

どう助け船を出そうか迷っている間に、気がつくとシェフがすぐ隣にきていた。

「シェフ?」

三舟シェフはそのまま彼らのテーブルに近づくと、冬樹くんの前にもうひとつの皿を置いた。

「きみが考えていたのは、こっちだろう」

そこには別の豚足料理が置かれていた。オーブンでカリカリに焼いた豚足のパン粉焼きだ。

冬樹くんは驚いたようにシェフを見上げた。

「違うかい?」

彼は首を横に振って言った。

「違わない。ぼく、こっちが食べたかった」

館野さんも目を丸くしてシェフと冬樹くんを見比べる。

「どうして……どうしてわかったんですか？」

シェフはにやりと笑った。

「料理人の勘ですよ」

冬樹くんは目をきらきらさせて、ナイフとフォークに手を伸ばした。ほぐしていないから食べにくいはずだが、丁寧にナイフを入れて、骨から肉を切り分ける。

一口食べて、彼は言った。

「はじめて食べたけど、すごくおいしいよ！」

†

デセールを食べ終えたあと、三人は空いたカウンターに移動してきた。

館野さんと隈川さんにはヴァン・ショーを出し、冬樹くんには温めたオレンジジュースを出す。

温かいオレンジジュースは、ヴァン・ショーと同じくアルザス地方の冬の飲み物らしい。大人がヴァン・ショーを飲む間、子供はホットオレンジジュースを飲むという。

下戸の館野さんのヴァン・ショーは、一度沸騰させてアルコール分を飛ばしてある。

「種明かししてくださいよ。三舟シェフ」

館野さんにそう促されて、シェフはちょっと困ったような顔で隈川さんを見た。

「ばらしていいですか？」

「いずれ、ばれることは覚悟してましたから、かまいません」

「え、どういうこと？」

館野さんは戸惑ったように隈川さんの顔を覗き込む。シェフが彼の代わりに答えた。

「隈川さんがどうやって冬樹くんと仲良くなったのかが、なんとなくわかったんですよ」

「どうやって……？」

今度は館野さんの疑問には答えず、シェフは話を続けた。

「おや、と思ったのは、今日です。この前、館野さんは隈川さんが入れ歯を使用していると言ったけど、隈川さんが頼んだのは、砂肝とヤリイカ。どちらも義歯を入れている人には食べにくいものばかりだった」

「入れ歯？　ぼくが？」

隈川さんは大げさに驚いてから、はっとした顔になった。

「違うの？　だってあなたの家に行ったら封の開いた入れ歯洗浄剤があったから……」

冬樹くんがくすくすと笑った。なにもかも知っている顔だった。

「だから、おかしいと思った。そのとき、この前聞いた話を思い出したんです」

この前聞いたのは、冬樹くんが好き嫌いを克服しつつあるという話と、隈川さんになついているという話だ。それがどうつながるのか、ぼくにはまだわからない。

「冬樹くんが最近食べられるようになったものは、フライドチキンと一尾丸ごとの魚。そして、今日彼は豚足を食べてみたいと言った。大きな共通点がありますよね」

シェフのことばに、館野さんはおそるおそる答えた。

「骨……？」

「あたり」

答えたのはシェフではなく、隈川さんだった。

「でも、骨がいったいどうしたんですか？」

「もちろん骨は、食材の中では単に捨てるところだ。普通の人は骨のことなど考えもしないでしょう。でも、隈川さんは生物教師だという話です。骨に関して、もっといろんなことを知っている」

今度は隈川さんが話しはじめた。

「館野さんの部屋で冬樹くんにはじめて会ったとき、なんの話をしていいのかわからなかった。十代の男の子相手は慣れているとはいえ、生徒とはまた立場が違う。おまけにぼくは口べたな男です。だから、つい、自分の興味のあることを話してしまった――フライドチキンの骨を集めると、一羽の鶏の骨ができるって知ってるかいって」

そして、その問いかけは考えていたよりも冬樹くんの好奇心をとらえた。

「実は冬樹くんが鶏肉が嫌いだなんて全然知りませんでした。彼が『絶対嘘だ』と言うから、『証明してあげよう』と言ってフライドチキンを買いに行った。大きな箱を買ってかえって一ピースずつ食べながら説明した。ここは羽のところ、ここは胸のところ、ここは足のところって」

隈川さんが見せる骨の世界に、冬樹くんはたちまち魅了された。

「プラモデル作りが好きだと言うから、手羽先を使って本当の骨で模型を作る方法などを教えました」

「手羽先って……腐らないの？」

「だから入れ歯洗浄剤を使うんだよ」

隈川さんは説明した。食べ終えたあとの骨を鍋で煮て、そのあと入れ歯洗浄剤につけておく。それを何度か繰り返すと、肉はすべて溶けてしまい、きれいな骨の部分だけが残る。そうなるともう腐ることはない。

「ぼくのところにきた日に、一緒に手羽先の骨で模型を作ったんだ。冬樹くんは、骨の模型作りが気に入ったようでね」

「だって、おもしろかったよ。プラモデルみたいだけど、もっと難しくて」

シェフが話を続ける。

「豚足のガレットを彼が注文したとき、彼は形そのままの豚足をイメージしたんじゃないかな、と思ったんです。ガレットは全部骨を取り除いていますからね。だから焼いた豚足も一緒に作った」

「手羽先がうまくできるようになったから、今度は豚足の模型の作り方を教えてくれるって言ったんだ」

冬樹くんのことばに、隈川さんは苦笑いした。

「実はぼくもフランス料理は慣れてなくて……ガレットというのが骨を抜いてケーキのような形にして焼くことだなんて知らなかったんだ」

骨を手に入れたいと思って頼んだ料理だったのに、骨はすべて取り除かれていた。だから冬樹くんは言ったのだ。「ぼくが食べたいのは、これじゃない」と。

館野さんはほっとしたような笑みを浮かべた。

「教えてくれればよかったのに……」

「女性はときどき気持ち悪がる人がいるからね。お母さんには内緒だよ、と言ってたんだ。変なことを教えて、と怒られるかと思った」

つまりはそれは、冬樹くんと隈川さんの秘密だったわけだ。

ぼくにも覚えがある。

人がいちばん仲良くなる方法は、秘密を共有することだ。

冬樹くんが食べた豚足の骨は、ジップロックに入れられて持ち帰ることになった。

シェフはにやにやしながら冬樹くんに囁いた。

「豚骨ならときどき使うから、うまくいかなかったらまた、骨を取りにきてもいいぞ」

「本当？」

彼は目を輝かせた。

どうやら、シェフも共犯者のひとりに加わったようだ。

追憶のブーダン・ノワール

Nostalgie du boudin noir

昼の休憩を終えて帰ってくると、キッチンは血まみれだった。

人はあまりに衝撃的な場面に出会うと、思考停止するものだ。白衣を血に染めて、床に這いつくばる三舟シェフと志村さんを見て、ぼくはしばらく固まった。

そして、そのまま休憩室のドアを開ける。シェフの声がした。

「おい、こら、高築！　手伝え！」

生きてた。

ぼくは勢いよく、振り返った。志村さんも情けない顔でこちらを見上げている。

「ど、どうかしたんですか？」

「ブーダン・ノワールに使う、豚の血をぶちまけてしまってさ……」

「シェフがですか？」

志村さんはそんな失敗をするタイプじゃない。

「なんで、俺だと決めつけるんだ」

シェフが眉間に皺を寄せて、立ち上がる。シェフコートには真っ赤な血がべっとりとついている。

思わず後ずさった。

「いえ、決めつけたつもりはないですけど……」

床の血を拭きながら志村さんが言う。

「シェフですけどね」

やっぱり、と思ったが、口に出すとシェフの機嫌が悪くなるので黙っている。

「ともかく手伝ってくれないか。このままじゃディナーの仕込みができない」

「わかりました」

と言ったものの、今、ぼくは私服のTシャツとジーンズだ。これを血で汚すことは、できれば避けたい。深夜に自転車で帰宅するのだ。血まみれのTシャツを着ていたら通報されるかもしれない。

かといって、仕事で着るギャルソンの制服を汚すわけにもいかない。

志村さんがためいきをついた。

「このシェフコートは破棄ですね。血はなかなか落ちませんから」

「一応、クリーニング屋に漂白は頼んでみるが……ここまで汚れると、難しいかもなあ」

会話を聞いて、よけいに怖じ気《おけ》づく。

シェフがこちらを向く。

「なにやってんだ。手伝ってくれ」

「だって汚れそうで……このTシャツ気に入っているんです」

「脱げ脱げ。脱いで裸で手伝え」

シェフは相変わらず無茶を言う。雑巾を絞りながら、志村さんが言った。

「まあ、シェフはもろにかぶってしまったから、こんな人殺しみたいな姿になってるけれど、床を拭くだけなら気をつけていれば汚れないよ」

たしかに、志村さんのシェフコートにも血はついているが、シェフほどひどい状況ではない。シェフは人殺しと言うより、連続殺人鬼みたいな状態だ。

まあ、ビストロのシェフが殺人鬼という映画があっても不思議はないかもしれない。ただでさえ、厨房には刃物がたくさんある。

ぼくはTシャツだけを脱いで、雑巾を洗った。下はブラックジーンズだし、汚れは目立たないだろう。

「今夜のディナーは、ブーダン・ノワールはなしだな」

シェフは残念そうにつぶやく。

「もったいないですね」

「値段は安いけれど、生の血は滅多に手に入らないからなあ」

ブーダン・ノワールは豚の血で作ったソーセージである。正直、最初に作っているのを見たときは戸惑った。日本人にとっては食欲をそそるような食べ物ではない。だが、食べてみるとコクと深みがあってうまい。一緒に添えたリンゴのピュレがよく合う。ワインとの相性もよく、ビストロ・パ・マルの人気メニューのひとつである。

豚の血は肉屋に頼んでいるが、いつでも手に入るものではないらしい。冷凍のものを取り寄せることも多いと聞く。

血を拭った雑巾を洗うと、赤い水がシンクに流れていく。

肉の塊《かたまり》を見ても、自分の肉と関連づけることはないけれど、血というのはまた別だ。ブーダン・ノワールをおいしいと思うぼくでも、血だけを見て食材と考えることは難しい。

「そろそろいいかな」

志村さんがそう言って立ち上がる。三人がかりで掃除したため、床にはもう血は残っていない。シェフの白衣だけが問題だ。

「シェフ、着替えてください。人がきたらびっくりしますよ」

まだ夜の営業開始には時間があるが、業者などもやってくる。

「そうだな。水につけておいたら、少しは汚れも落ちるかもしれないしな」

シェフはシェフコートのボタンを外しながら、休憩室に入っていった。

ふいにあることを思い出して、ぼくはレジに向かった。レジの脇に下げてある予約ノートを開く。

「志村さん、今日犬飼《いぬかい》さんの予約入ってます」

「えっ、本当？」

犬飼さんは〈パ・マル〉の常連である。むっくりとした小熊のような外見の男性で、アラカルトで何品かの料理を頼み、ワインを一本空けるという酒豪である。友達を連れてくることもあるが、ひとりでくることも多い。そして、犬飼さんのお気に入りの一皿が、ブーダン・ノワールなのだ。

新しいシェフコートをはおったシェフが戻ってくる。面倒くさいのか前は開けたままだ。

「シェフ、今日、犬飼さんの予約入ってます」

「うん、だからブーダン・ノワールを仕込もうと思ったんだがな」

血がなくなってしまえば作れない。簡単に手に入る食材ではない。

「ちょっと電話で聞いてみるが……今日は難しいだろうな」

シェフはそう言いながら、厨房にある電話の子機を手に取った。

ちょうどソムリエの金子さんが休憩から帰ってきた。ドアを開けて目を丸くする。

「高築くん、どうしたの？」

そういえば上半身裸のままだった。あわてて、厨房の作業台に置いたTシャツを取りに行く。

「シェフがブーダン・ノワールに使う豚の血をこぼしてしまったんで、掃除してたんです」

「うわあ、それは惨劇というかホラーだわ」

実際に豚の血のソーセージを提供しているレストランのスタッフでさえ、こう思うのだから、一般の人が豚の血ということばを聞いたときどう考えるかは、簡単に想像できる。

「そういえば、ホラー映画であったわよね。豚の血を頭からかけられる……」

「やめてください」

実際にそのホラー映画は見ていないが、さっきの血まみれの厨房を思い出して、目《め》眩《まい》がしそうだ。

金子さんはぼくの反応を見ると、なぜか満足げに奥に入っていった。

シェフが電話を切った。軽く舌打ちして言う。

「駄目だ。やっぱり今日すぐには手に入らないらしい」

志村さんも新しいシェフコートに着替えて出てきた。

「今日は、ブーダン・ノワールは出せませんね」

豚の血が手に入らないのは珍しいことではないから、ブーダン・ノワールは印刷メニューには載せていない。用意できたときだけ、おすすめ料理として黒板に書くことにしている。だから、店としてはそれほど大問題ではないはずだが、シェフにとっては自分のミスが原因だけに悔しいのだろう。

「まあ、そんな日もありますよ。気持ちを切り替えましょう。今日はミルクラムもありますし、マンガリッツァも入ってますから、楽しんでもらえるでしょう」

犬飼さんが魚料理を頼むことはほとんどない。肉もチキンより、羊や豚などの味の強いものを好む。「俺は肉食だからさ」と言っているのも聞いたことがある。

ブーダン・ノワールは、まさに肉食人種の食べ物だと思う。

†

犬飼さんは今日もひとりで来店した。

〈パ・マル〉はカウンター席があるから、ひとりの客も歓迎している。カウンターのいちばん奥に座って、彼はワインリストをじっくりと吟味した。

四十前だろうか。背も低いし小太りだが、仕立てのよさそうなジャケットと糊《のり》のきいたシャツをいつも身につけている。清潔感があるし、なによりいつもにこにことして感じがいい。カウンターに並んだほかの客とも、すぐ仲良くなって談笑している。

ワイン好きらしく、金子さんともワインの話で盛り上がっている。知識をひけらかすようなタイプでないところも、好感が持てる。

「犬飼さんがお好きなんじゃないかと思って、ラヴォー・サン＝ジャックを仕入れたんですが、いかがですか？」

「へえ、珍しいね。じゃあ開けてもらおうか」

こんな会話を横で聞いていても、ぼくにはまだちんぷんかんぷんだ。

グラスで供するハウスワインや、いくつかの銘柄は簡単に覚えたがそれだけだ。しかも、赤身のステーキにはこのワインが、とか魚介類にはこのワインを、というセールストークも金子さんの受け売りで、身についた知識とは言いがたい。

フランス料理店で働いていれば、少しはワインにもくわしくなるのではと思ったが、ギャルソンという立場ではそんなものかもしれない。〈パ・マル〉には金子さんというソムリエがいるから、ぼくが勉強する必要もない。

黒板の手書きメニューを見た犬飼さんが、おや、という顔をした。

「今日はブーダン・ノワールはないの？」

「申し訳ありません。今日は豚の血が手に入らなかったんですよ」

カウンターの中からシェフが説明する。実際には手に入らなかったわけではなく、シェフがこぼしてしまったのだが、まあそこまで説明する必要はないだろう。

「楽しみにしていたんだが、仕方ないね。手に入りにくそうな食材だしね」

実際には豚を処理すれば血は流れ出る。ありあまって捨てている食材なのに、欲しがる人が少ないため、なかなか手に入らない。ブーダン・ノワールのおいしさを知ってしまうと、少しもったいないような気分になる。とはいっても、昼間のシェフのように血にまみれたいとは思わないが。

犬飼さんはパテ・ド・カンパーニュと、マンガリッツァのローストを注文した。

パテ・ド・カンパーニュは〈パ・マル〉のスペシャリテのひとつ、豚肉やレバーなどを使った、いわゆる田舎風パテだ。切って盛りつけるだけでできるから、サーブも早い。犬飼さんのようにワインを楽しみたい人にはぴったりの前菜だ。

マンガリッツァというのは、ハンガリー産の豚らしい。スペインのイベリコ豚や、バスク地方のバスク豚などは、日本でもそこそこ有名になったが、マンガリッツァはまだ知られていない。

放し飼いにされて、どんぐりやカボチャなどで育てられる。ハンガリーでは、国宝に認定されているほど貴重な豚で、柔らかく脂肪がたっぷりのっているのが特長だ。

メニューを組み立てるときは、前菜かメインかどちらかを軽くしてバランスをとる人が多いが、犬飼さんはいつも全力で肉を選ぶ。

野菜が嫌いなのかと思っていたが、そうではないらしい。

「野菜も食べるけれど、ともかく肉が好きなんだよ。だから、うまいものを食べるときはがっつり肉が食いたいんだ」

普段は身体のことを考えて、野菜もバランスよく食べているという。

さっそく、パテ・ド・カンパーニュをサーブすると、薄切りのバゲットにのせて、とろけそうな顔で口に運ぶ。

「うまい！　何度食べてもうまいなあ」

フォアグラのパテなどにくらべると、スパイスをきかせた野趣あふれる味わいだが、その分食べ応えがある。

犬飼さんはふいに真剣な顔になった。

「ブーダン・ノワールだけど、もし予約しておけば確実に食べられるのかな」

シェフが驚いたような顔になる。

「ええ、そうですね。三日ほど前に言っていただければ、確実に用意しますよ。今日も作るつもりだったんですが、ちょっとアクシデントがありまして」

「実はどうしても食べさせたい人がいるんだよ。今度結婚することになってね」

「おお、それはおめでとうございます」

「彼女にぜひ、ここのブーダン・ノワールを食べてもらいたいんだけど、血のソーセージと聞いただけで、拒否反応を起こされてしまってね」

「それは仕方ないでしょう。万人受けする食材じゃないですから」

雲行きが怪しくなってきた。シェフはこういう話にあまりいい顔をしない。

好きではない人や、食べたくないと言っている人間に、無理に料理を食べさせようとすることを、なにより嫌っているのだ。

「でも、完全な食わず嫌いなんだよ。ぼくはそれはどうかと思う。一口食べて、嫌いならそれでいい。無理に食べさせようとは思わない。でも、食べないで嫌がるのは納得できない」

もし、それが野菜だったら、犬飼さんの言うこともわからなくはない。だが、豚の血は日本の食文化には馴染みのない食材だ。食べたくないと思う人がいても、それがわがままだとは思えない。

たとえば、ぼくは犬が好きだから、犬を食べろと言われても無理だ。犬を食べる人にやめろとは言わないが、自分では絶対に口にしたくない。虫も食べられない。蜂の子などを食べる地方があることは知っているが、目の前に出されても受けつけないだろう。

豚の血も、ある人にとってはそういう食材かもしれない。

不穏な空気を感じたのか、志村さんが助け船を出す。

「宗教上の禁忌《きんき》として、食べられない場合などもありますよ。イスラム教などは血を口にしてはいけないことになっているそうです」

「イスラム教なら、豚そのものが駄目だろう。彼女は豚は大好きだし、それに無宗教だと聞いている。婚約までしているのに、そんなことで嘘はつかないだろう」

「でも、日本人にとって、豚の血とは……」

「日本人じゃないんだ」

「え？」

「中国人でね。七年前北京に旅行に行ったとき、知り合ったガイドなんだ。そこから、ぼくが向こうに行ったり、彼女が日本に遊びにきたりと、遠距離恋愛を続けてきたんだけれど、ようやく彼女が日本に移住できることになったんだ」

七年のつき合いは、近くに住んでいても充分長い。遠距離恋愛で、お互いの気持ちをつなぎ止めるのは簡単なことではなかっただろうと思う。

「一口でいいんだ。それで嫌いなんだったら仕方ない。でも、せっかく夫婦になるんだから、ぼくの好きなものを食べずに拒否してほしくないよ」

シェフは少し考え込んでいた。志村さんがはらはらしながらシェフの表情を窺う。

「わかりました。用意しましょう。いついらっしゃいますか？」

険しい顔のまま、シェフはそう言った。

「来週の土曜日、カウンターじゃなくてテーブル席空いてるかな」

シェフはぼくの顔に目をやった。ぼくは頷いた。

「大丈夫です。空いてます」

予約ノートを見なくても覚えている。その日はたしか、まだふたつテーブルが空いていた。

結婚を前にした高揚感もあるのだろう。犬飼さんはうわずった声で言った。

「じゃあ、とびきりのブーダン・ノワールを頼むよ」

†

「いいんですか？　シェフ」

客がすべて帰ってから、後片づけをしながら志村さんがシェフに尋ねた。

「仕方ないだろう。俺が嫌だと言ったって、よそにブーダン・ノワールを食べにいくかもしれないし、犬飼さんと彼女の信頼関係がそんなことで崩れないなら、別に俺が口を出すことじゃない」

シンクを拭き上げながらそう答えるが、ふて腐れたような口調からは納得していないことがよくわかる。

「まあ、明日肉屋に豚の血と背脂《せあぶら》を注文しておいてくれ」

「わかりました」

志村さんもなにかがすっきりしないような顔だ。

ぼくは料理人ではないが、シェフの気持ちはわかる気がする。

料理人は、人の喜びのために料理を作る。ブーダン・ノワールも、手の込んだ料理のひとつだ。日本人にとっては廃棄部位でしかない豚の血を、温度管理をしながら火を通し、スパイスをブレンドして、腸詰《ちょうづめ》にして高級食材に生まれ変わらせる。

その手間も、すべて食べてくれる人たちの喜びのためだ。

薬ならば、苦くても価値はある。だが、脂肪や塩分の多いフランス料理はまさに喜びのための料理だ。嫌な人に無理矢理食べさせるようなものではない。

とびきりのブーダン・ノワールも、食べたくない人の前では輝きを失ってしまうのだ。

ふいにシェフの表情が変わった。

「中国人って言ってたな。北京のガイドって」

「ええ、そう聞きましたが、どうかしましたか？」

志村さんの質問には答えず、ゆっくりと顎《あご》を撫でる。

「ふむ……ちょっと考えてみる必要がありそうだな」

†

土曜日、犬飼さんは婚約者を連れてやってきた。

きれいな人だった。色が白く、黒いアイラインを引いた目が知的な印象だ。年齢は犬飼さんと同じくらいだろうか。勝手な先入観で、ぼくは若い女性を想像していた。口もとなどに、年齢特有のラインは出ていたが、それでも美しいことに変わりはない。

ガイドをやっていたと言うだけに日本語も堪能《たんのう》らしく、イントネーションもきれいだった。

犬飼さんは照れているのか、いつもより無口だが、うれしさはちょっとした仕草や表情ににじみ出ている。

長い交際を経て、やっと結婚を目前にしている。その間、近くに住むカップルよりも障害は多かったはずだ。価値観も違うから、つき合う上で気持ちの歩み寄りも必要だっただろう。

ふたりのこの七年間がどんなだったか、ぼくには想像すらできないが、それでも今はふたりとも幸せそうで、見ているこちらまで幸せな気分になる。

金子さんがふたりのテーブルに近づいた。

「犬飼さん、よろしければワインセラーをご覧になりませんか？」

「ええっ、いいの？」

普段はセラーに客を入れることはないが、今回は特別だ。今日のために金子さんが張り切って、セラーをいっぱいにしていた。

「ええ、ぜひ。いつもいらしていただいていますし」

「リン、きみはどうする？」

リンと呼ばれた婚約者の女性は、首を横に振った。

「わたしはやめておきます。ワイン、あんまりよくわからない」

金子さんが犬飼さんを奥に連れていくと、リンさんはひとりになる。志村さんがそっと彼女のそばに行き、小さい声で話しかける。リンさんの切れ長の目が見開かれた。

三分ほどして、犬飼さんが戻ってきた。

「いや、おもしろいね。意外にリストに載ってないものもあるんだね」

「一本しか手に入らなかったものは、載せてないんですよ。お薦めさせていただくことはありますけど」

席について、メニューを見ているリンさんに話しかけた。

「どうだい。ここのブーダン・ノワールは絶品だよ。食べてみないかい？」

リンさんはかすかに顔を曇らせた。目を伏せたまま言う。

「そうね。じゃあ、一度だけ」

リンさんは前菜にブーダン・ノワール、メインにシャラン鴨の赤ワインソースを選んだ。犬飼さんの前菜もブーダン・ノワール、メインは赤牛のステーキだ。もちろん、この選択ならワインは重厚な赤だろう。

リンさんと犬飼さんは談笑を続けている。だが、リンさんの表情がどこか寂しげな気がするのは気のせいだろうか。アミューズのカプチーノ仕立てのコンソメも、減っていない。

厨房から、シェフが手招きをした。カウンターに近づくと二皿のブーダン・ノワールが並べられる。

「いいか。絶対に間違えるなよ。右の皿が犬飼さんで、左の皿が彼女だ」

一見まったく違いはない。表面をソテーした黒いソーセージが並んでいる。取り違えてしまったら絶対に区別はつかないと思う。

右は犬飼さん、と口の中でつぶやきながら、ぼくは皿をテーブルに運んだ。普段の十倍くらい緊張する。

「お待たせしました。ブーダン・ノワールのソテーでございます」

間違えないように、右の皿を犬飼さんの前に置き、左の皿をリンさんの前に置く。

「きたきた。ぼくはこれが大好物なんだよ。この間は食べられなかったから楽しみにしていたんだ」

リンさんは曖昧な笑みを浮かべた。彼女にとって、血のソーセージはあまり食欲をそそる料理ではないのだろう。

まず犬飼さんがブーダン・ノワールにナイフを入れる。リンゴのピュレと一緒に口に運ぶ。

味はぼくもよく知っている。外側は焼き目が付いて香ばしいが、中はとろりと柔らかい。臭みはなく、上質なレバーに近い旨《うま》みとムースのような舌触り。リンゴのピュレの酸味がいいアクセントになる。

犬飼さんは赤ワインを一口飲んで頷いた。

「うん、この味だ。日本料理には絶対ない。肉を知り尽くした民族だけが創造する美味だな」

リンさんの顔が一瞬強ばった気がした。彼女もナイフとフォークを手に取る。小さく切り分けて、おそるおそる口に運んだ。

目が大きく見開かれる。

「どうだい？」

犬飼さんが顔を覗き込んで尋ねる。

リンさんは笑顔になった。

「ええ、とてもおいしい。こんなのはじめて食べた」

彼女が笑うと、南国の大輪の花が咲くようだ。

†

ふたりは、デセールを堪能したあと、腕を組んで店を出ていった。

店内には、客はもうふた組しかいないし、どちらもデセールが終わり、食後の飲み物を楽しんでいる状態だ。ギャルソンの仕事もほとんど終わりである。

シェフは厨房で、料理ののった皿を見下ろしながら、なにか考えている。

志村さんがシェフに近づいた。

「どうして、彼女、あのブーダン・ノワールをおいしいと言ったんでしょうね」

「ちゃんと伝えたんだろう？」

「伝えましたよ」

犬飼さんがワインセラーに行っている間、志村さんが彼女に尋ねた。

「もしよろしかったら、血を一滴も使っていないブーダン・ノワールを作ることもできますよ」と。

犬飼さんは「一度食べてみて、それでおいしくないと思うのならいい」と言った。

「食わず嫌いこそが気に入らないのだ」と。

もし、リンさんがブーダン・ノワールに抵抗があるとしても、食べた上で「やっぱり好きじゃない」と言えばいいのだ。

金子さんがワイングラスを磨きながら話に参加した。

「レストランで、『おいしくない』と言うのはマナー違反だと思ったのかも。あとで『おいしくないわけじゃないけど、一度で充分』と言えば、犬飼さんだって無理に食べさせようとは思わないんじゃないですか？」

「そうだな。そうかもしれないな」

ブーダン・ノワールは、日常の食卓に並ぶような食材ではないし、フレンチ・レストランでも出しているところは少ない。

もし、次に〈パ・マル〉にやってきても、別のものを注文すればいい。犬飼さんも無理に、「ブーダン・ノワールを食べろ」とは言わないだろう。

ぼくはシェフの前の皿を覗き込んだ。そこにはブーダン・ノワールがごろりと横たわっていた。つけ合わせもなにもない。

「これは本物ですか？　偽物ですか？」

「偽物って言うな。でも偽物と言えば偽物だな」

シェフはナイフとフォークでブーダン・ノワールを小さく切り分けた。

「食べてみるか？」

フォークで刺してひと切れ口に運ぶ。

色も形も、本物のブーダン・ノワールとそっくりだ。だが香りは違う。記憶の中にはっきりとある匂いだ。

「これ……チョコレートですか？」

「そう。鶏肉を赤ワインとチョコレートで煮た」

そっちのほうがブーダン・ノワールより強烈な気がするが、チョコレートの苦みとコクが肉に違う表情を与えている。はっきりとおいしいと思う。

「まあ、チョコレートと言ってもカカオ分が高くて、砂糖が入ってないものを使っているから、普段食べているお菓子のチョコレートとは違うだろう」

金子さんも、一口食べて目を丸くしている。

「これ、おいしいですねえ」

「メキシコの料理ですよね。本当は」

さすがに志村さんはよく知っているようだ。

「モーレ・ポブラーノというソースで、メキシコではよく使われる。それを腸詰にして、ブーダン・ノワールっぽく見せたわけだ」

金子さんは気に入ったのかぱくぱく食べている。

「これ、普段のメニューでも出しましょうよ」

「うちはビストロだからなあ」

それでもビストロ風にアレンジすることはできるのではないだろうか。ソースにワインを使っているから、ワインにも合うと思う。

シェフも食べてみて、納得したように頷いた。どうやら満足のいく出来だったらしい。

「鶏肉のモーレ、ビストロ風というのもおもしろいかもしれないな」

†

その二日後だった。ランチのラストオーダーが近づいた頃、店のドアが開いた。

「いらっしゃいませ」

もう予約客はいないはずだが、と思いながら、ドアに目をやると、入ってきたのはリンさんだった。

「空いてますか？　予約はしていないのですが」

「はい、カウンターでよろしければ」

ランチの客は半分くらい帰ってしまっている。彼女は空いたカウンターのいちばん奥に腰を下ろした。いつもの犬飼さんの席だった。

ランチメニューを渡すと、彼女は時間をかけてメニューを読んだ。やはり母語でないから時間がかかるのだろう。

読み終わって志村さんに尋ねる。

「今日はブーダン・ノワールはないのですか？　本物の」

志村さんは、シェフのほうをちらりと見た。デセールのチョコレートタルトを、切り分けて盛りつけていたシェフが顔を上げた。

「ランチには出していませんが、もしよろしければ用意しますよ。ディナー用に仕込んだ分がありますから」

「お願いします。いいですか？」

「もちろん」

シェフはそう言うと、冷蔵庫に向かった。ブーダン・ノワールは仕込みに手間のかかる料理だが、早めに作っておくことはできる。

鉄製のフライパンを熱して、ブーダン・ノワールをあたためる。

「いいのですか？　食べたくなかったのではないんですか？」

志村さんがリンさんに尋ねる。

「いいんです。食べたくなかったのは本当ですけど、宗教のタブーとか、気持ち悪かったというわけではないんです」

リンさんは、カウンターに肘を突いてなにかを思い出すような目をした。

「わたし、内モンゴル自治区で生まれました。大学に行くために北京に出てきて、卒業してからガイドの仕事を始めました」

シェフが驚いた顔になる。

「モンゴルだと、血のソーセージがありますよね」

「ええ、羊の血のソーセージ。子供の頃からよく食べました」

はっとする。だとすれば、血のソーセージは、彼女にとって未知の食べ物ではなく、むしろ馴染みのある食材だったことになる。羊と豚という違いがあるだけだ。

「じゃあ、なぜ……」

「意地を張ってたんです。ずっと忘れられない出来事があって……」

「忘れられない出来事とは？」

彼女はペリエのグラスを片手に、語りはじめた。

「彼が、はじめて北京に旅行にきたときのことです。友達との観光旅行で、わたしは彼についたガイドでした」

「その話は犬飼さんから聞きました。七年前の話だと」

リンさんは頷いて、少し恥ずかしげに笑った。

「夜の屋台街を案内していたときのことです。四川火鍋《しせんひなべ》の屋台がありました。大きな鍋を囲んで、いろんな具材を煮るのです。お客は好きな具材を注文して、煮てもらうのです。その中にこういう具材があります」

彼女はポケットからメモ帳を出して、「鮮鴨血」と書いた。

「シェンヤーシュエと言います。字で日本の方にはわかりますよね」

「鴨の血、ですね」

「そうです。アヒルの血を固めた豆腐のようなものです。これを火鍋で煮て食べるのです。これを見たとき、彼と友達はあきらかに嫌な顔をしました。『気持ちが悪い』『野蛮だ』と言いました。わたしはとても恥ずかしかった。日本の人から見ると、この食べ物は気持ち悪いのだと思いました。自分が昔食べていた羊の血のソーセージも、きっとこの人たちから見ると、気持ち悪いのでしょう」

彼女はそっと指を組んだ。寂しげに微笑む。

「たしかにグロテスクだから仕方ないと思いました。文化の違いですから。でも、そのとき恥ずかしく思ったことは、ずっと忘れられませんでした。わたしは日本に憧れて、大学で日本語を学びました。だから日本人に気持ち悪いと思われたことが、悲しく恥ずかしかった。それからは羊の血の腸詰も、鮮鴨血も食べないことにしました」

その後、彼女は犬飼さんと親しくなり、交際を始める。

「彼はいい人で、わたしも好きになりました。母が身体が弱く、日本に移り住むことは難しいと言うと、彼は『何年でも待つ』と言ってくれました。叔母が母の面倒を見てくれることになり、やっと日本にくることができました」

愛する人のため、自分の生まれ故郷を捨てるのはどんな気持ちだろう。ぼくには想像もできない。

「でも、この前彼が言ったのです。フランス料理にブーダン・ノワールという食べ物があって、とてもおいしいのだ、と。ショックでした。胸を強く殴られたような気持ちでした」

シェフは黙って彼女の話を聞いていた。

「鮮鴨血は野蛮で気持ちが悪いと言ったのに、フランス料理で出されたものは、喜んで食べるのだとしたら、気持ちが悪かったのは血ではなく、わたしの国だと思ったんです。違いますか？」

シェフは返事をしなかった。簡単に「違う」と言えることではない。

「自分がずっと、それを恥じてきたことも悲しかった。自分の国のことを恥ずかしいと思ってしまったことも。だから食べたくないと言ったのです」

しばらく沈黙が続く。シェフは焼けたブーダン・ノワールをフライパンから皿に移した。それからやっと口を開いた。

「でも、本当に犬飼さんが中国という国を嫌っていたなら、あなたと結婚しようとはしなかったと思いませんか？」

リンさんは答えなかった。

「西洋に尻尾を振ってしまうのは、日本人の悪い癖だ。フランス料理のシェフなんてやってるわたしが言うのも、妙な話ですが。でも、思うのです。七年前の犬飼さんは無知だっただけではありませんか？　無知だったから見た目や先入観でその食材を否定した」

「無知……ですか？」

「もちろん、フランス料理だから受け入れたのかもしれない。でも、今、犬飼さんに鮮鴨血や羊の血の腸詰の話をしたら、『気持ちが悪い』とは言わないと思いますよ。もしかしたら『おいしそうだ』と言うかもしれない」

リンさんは驚いた顔で、シェフを見た。

「異文化を知らなければ、異文化に対して寛容になれなくて当然だ。でも、一度異文化の奥深さを知れば、気持ちは変わるのではないですか？　そして、犬飼さんにとって異文化を受け入れるきっかけが、リンさん、あなただったのではないですか？」

「わたしが？」

「日本人の中にはフランス料理のブーダン・ノワールでも、『気持ちが悪い』と言う人はたくさんいます。国がどこかは関係ない。食文化として抵抗があるんです。でも、犬飼さんはそれを受け入れて楽しんでいる」

シェフはブーダン・ノワールの皿を、リンさんの前に置いた。

「どうぞ。リンゴのピュレと一緒に召し上がれ」

リンさんは頷いて、ナイフとフォークを手に取った。美しい仕草で切り取って口に運ぶ。

リンさんは目を閉じて咀嚼《そしやく》した。それから笑顔になる。

「すごく……懐かしい味がします。フランスの血のソーセージもおいしいですね」

「モンゴルのもおいしいでしょう。わたしは食べたことありませんが」

「ええ、処理してすぐソーセージにしますから、新鮮ですよ」

そういえば日本人は羊ですらあまり食べない。そこにも文化の違いがある。

うれしそうにブーダン・ノワールを口に運ぶリンさんに、シェフが話しかけた。

「メインはどうされますか？　羊のロティなどいかがですか？」

「ええ、ぜひ。いただきます」

ふいにシェフがなにかに気づいたような顔をした。

「内モンゴル自治区なら、やはりお好きなのは肉ですか？」

リンさんは笑みを浮かべて頷いた。

「ええ、わたしたちは野菜はあまり食べませんし、魚もほとんど食べません。その代わり、肉をたくさん食べます」

それを聞いて、ぼくは思った。

きっと犬飼さんと彼女はうまくいくだろう。

同じものをおいしいと思えることは、とても大事なことだから。

ムッシュ・パピヨンに伝言を

Un message à Monsieur Papillon

その人がビストロ・パ・マルに入ってきたのは、金曜日の午後、二時十五分を過ぎた頃だった。

「すみません。まだ大丈夫ですか?」

四十代くらい、痩せ型で背が高く、口もとに髭を生やした男性だった。グレンチェックのジャケットも洒落《しゃれ》ていて、よく似合っている。

志村さんがカウンター越しに厨房から声をかけた。

「二時半がラストオーダーですけど、それでもよろしければどうぞ。テーブルでもカウンターでもお好きな席で」

ランチの客はすでにほとんど帰っていて、奥のテーブルで長話に興じている女性グループがいるだけだ。

「ああ、よかった」

彼はそう言うと、カウンターに座った。

正直、ちょっとがっくりとした。これからランチのコースを頼むとなると、食事が終わるのは三時を過ぎるだろう。

今日は早めに休憩に入れるだろうと期待していたので、あてが外れた。今朝はぎりぎりに起きてしまい、朝食を食べる時間がなかったのだ。

空腹の状態で、料理の給仕をするのは想像以上につらい仕事だ。

三舟シェフの作る、とろとろに煮えた若鶏の赤ワイン煮《コック・オ・ヴァン》だとか、分厚く切ったパテ・ド・カンパーニュとかを見ているだけで、くらくらしてくる。残されたバゲットさえも切ない。

ソムリエの金子さんが、見るに見かねたのか、お客様のエスプレッソを淹れるついでにぼくの分も淹れてくれた。

「ほら、お砂糖入れて飲んだら、ちょっとはマシでしょ」

言われたとおり、角砂糖をふたつ入れて飲むと、少し落ち着いた。もちろん、そんなもので空腹がおさまるわけはなく、血糖値が上がったというだけのことだが。

そんな状態だったから、いつランチの仕事が終わって休憩に入れるかは、重大な関心事だったのだ。

奥の女性グループはこれから行こうとしている美術展の話を始めているから、二十分も三十分も長居をすることはないだろう。だとすれば、うまくいけば二時半を過ぎたところで休憩に入れる。そう胸算用をしていた。

だが、その洒落た紳士の来店で、休憩はほぼ一時間先まで延ばされた。全身の力が抜けそうだ。

もちろん、悪いのは朝食を食べそびれたぼくであり、紳士でないことは重々承知である。

ランチのメニューを渡すと、紳士はじっくり検討を始めた。

「グリビッシュソースってなに？」とか、「アボカドとズッキーニのスープって生クリームが入ってるの？」などと積極的に訊いてくる。

食べることが好きなんだな、ということがよくわかる。

口髭や、長めの髪型、洒落たジャケット。たぶん、普通の勤め人ではないと思う。芸術関係か、もしくはアパレルか、と見当をつける。

胸元には臙脂《えんじ》の蝶ネクタイが締められている。

蝶ネクタイといえば、ひとつ間違えば、コメディアンのようになってしまいそうだが、彼はよく似合っていた。

たぶん、特別なおしゃれとしてではなく、普段から愛用しているのだろう。自分が蝶ネクタイをするところを想像してみたが、どうやっても腹話術の人形か、子供のおめかしになってしまう気がする。

彼は、アントレにサーモンのグリビッシュソース、メインに鴨のローストを選んだ。デセールは赤い実を添えたタルト・オ・ショコラだ。

ワインは、「一杯だけ」と言い訳して、ハウスワインの赤を注文した。

「今朝、前を通ってね。午前中の用事が終わったら、絶対ランチをここで食べようと楽しみにしていたんだ。なのに、予定が長引いてしまって気がつけば二時だよ」

きれいにアイロン掛けされたハンカチで額の汗を拭う。

「何時までか確かめなかったから、二時でラストオーダーだったらどうしようと思った」

「それはよかったです」

空腹は相変わらずだが、彼のうれしそうな顔を見ていると、休憩が先延ばしになるのも仕方ないかと思う。

ほかのテーブルの料理を作る必要がないので、作業は早い。シェフは蒸し器で火を通したサーモンに、ソースをかけた。

〈パ・マル〉のグリビッシュソースは、卵黄とグレープシードオイルを丁寧に泡立て器で乳化させ、そこにケイパーやチャービルなどのハーブ、細かく切った固ゆで卵やピクルスを混ぜ込んだものだ。

もとは南仏の料理によく使われるソースだが、タルタルソースに似た風味があり、日本人の好みに合うと思う。

賄いで、鶏の胸肉にこのグリビッシュソースをかけたものが出てくることがあるが、濃厚なのにさっぱりとしていて、なかなかうまい。あまったものを密閉容器で持って帰りたいといつも思う。

〈パ・マル〉ではしっとりと蒸し上げたサーモンと合わせて前菜で提供しているが、低温の油でしっかり火を通した鴨のコンフィなどにも合う。実はこっそり、鶏の唐揚げにも合うのではないかと思っている。

紳士は、一口食べて笑顔になった。

「これはいいね。ハーブの香りが爽やかだし、重すぎない。南のほうのソースかな」

「ええ、わたしはニースで覚えました」

「やはり、シェフはフランスで修業を？」

「有名料理学校に行ったわけではなく、地方を転々として、ですけどね。地方料理にむしろ興味があったので」

シェフも機嫌よく話をしている。

ビストロのギャルソンという仕事に就いてから気づいたが、世の中に食べることに興味のある人は、そう多くはない。特に男性で、自分から新しい味にチャレンジしようとする人は意外に少ない。

学生時代の友人と会うときも、チェーン展開の居酒屋などを指定されることがほとんどで、たまにぼくが噂で聞いたおいしい店に誘っても、喜んで一緒にきてくれる友人はごくわずかだ。

〈パ・マル〉はフレンチと言ってもビストロで、気軽な店だと思うが、それでもデートで彼女に連れてこられた男が、メニューを見て渋い顔をしているのをよく見る。料理を食べて、表情が変わる人もいれば、店を出て行くときまで浮かない顔をしている人もいる。ぼくの友達にも、カレー、トンカツ、ハンバーグだけのローテーションでかまわないと公言している人間がいる。食べることに対する許容範囲が狭いのだろう。

もちろん、それは個人の生き方だ。

たとえば、ぼくも可愛い女の子は好きだが、積極的にナンパしようとか、女の子の集まる店でお金を使おうとは思わない。彼女が欲しいなあ、とは思うが、悲しいことにそれだけだ。

同じように、音楽に興味をもつ人もいれば、旅に人生のすべてを捧げる人間もいる。音楽が嫌い、旅行が嫌い、という人はそれほど多くないと思うが、「好き」ということばは嫌い以上の大きな幅を持っている。

だが、この紳士は、見かけたビストロで食事をするのを楽しみにし、ひとりでも臆さずに店に入る。

本当に食べることが好きなのだろう。

鴨のローストに、ソテーした無花果《いちじく》や桃などのフルーツを添えた一皿が、紳士の前に置かれたとき、勝手口のほうから声がした。

「こんにちは！」

顔を出したのは、近所のブーランジュリーのパン職人である中江さんだった。

以前、パンを焼いて届けてもらっていたブーランジュリーが移転して遠くなったため、先月から中江さんの働いている〈ア・ポア・ルージュ〉にパンを届けてもらっている。

うちで作ったリエットの瓶詰めなどを、向こうの店に置いてもらったりもしている。

歩いて五分ほどだから、中江さんは車も使わず、バゲットを両手に抱えてやってくる。

今日も、ディナーのバゲットを届けにきてくれたのだろう。

焼きたてのパンの香ばしい匂いが、彼女が厨房に入ると同時に広がった。持ってきたバゲットのせいだけではなく、毎日大量のパンを焼く彼女自身からパンの匂いがするようだ。

「バゲット、ここに置いときますね」

厨房の食品棚に紙で包まれたバゲットを置く。いつもはそれで終わりだが、今日は斜めがけにしたバッグから、別の紙袋を取り出した。

「これ、試作品なんです。よかったら食べて感想聞かせてくれませんか」

彼女が出したのは、大人の掌《てのひら》くらいの大きなパンだった。

ところどころに、鮮やかな赤いなにかが見える。

手の空いたシェフがペーパータオルで手を拭きながら、中江さんに近づいた。

「へえ、ブリオッシュ・サン・ジュニじゃないか。珍しいなあ」

「ちょっと焼いてみたんです」

シェフはホールを振り返って、ぼくを見た。

「高築、ちょっと味見してやれ。俺たちもあとでもらうから」

どうやらぼくが腹ぺこであることは、シェフにもお見通しだったようだ。

「す、すみません……」

思わずぺこぺこしながら、厨房に入る。中江さんからそのパンを受け取った。

焼きたてなのか、まだほのあたたかい。四分の一を目分量でちぎり取ったが、それでも菓子パン一個分くらいの量である。

卵とバターをたっぷり含んでいるらしい生地には、空気の層ができている。

鮮やかなピンクのなにかが、生地に練り込まれている。さっきはドライフルーツかなにかのように思ったが、人工的な食紅《しょくべに》のピンクのように見える。

中江さんの店は、ぶどうの酵母でパンを発酵させるほど、自然素材にこだわっているので、少し珍しい。

「なんですか、これ?」

「食べてのお楽しみ」

軽くはぐらかされた。シェフは知っているのかにやにやしている。

口に入れた。ブリオッシュの甘さとかすかな塩気、そしてかりりと歯に当たるなにか。

「アーモンドだ」

しかも、まわりが甘い。さっきのピンクは砂糖の衣《ころも》だったようだ。

「プラリーヌだよ。アーモンドの砂糖衣」

「プラリネ……ですか？」

よく、ボンボン・オ・ショコラにプラリネクリームが入っているのは食べるが、それと違うのだろうか。

「プラリネはチョコレートに入っているようなナッツとチョコレートのクリーム。似た名前だが、ナッツを使っているところ以外は違うな。このプラリーヌは、アーモンドを砂糖でカラメリゼしたものだよ。フランスのあちこちで売っている」

「似た名前で違うお菓子ってややこしいですよね」

「日本だって、違う菓子が同じ名前で呼ばれることがあるだろう。きんとんとか桜餅とか」

一瞬で納得した。なるほど、長く食べられてきた菓子というのはそういうものなのかもしれない。

「マカロンも同じ名前で、地方によって違いますよね。日本には洗練されたものしか入ってないけど、地方に行くとアーモンドプードルを使ったいろんなマカロンがある」

中江さんのことばに驚く。ぼくも、カラフルできれいな箱に入った一種類のマカロンしか知らない。

「で、プラリーヌはフランスの街角で普通に売られている駄菓子なんだが、それを入れたブリオッシュも各地で作られているんだ。どうだ？」

ぼくは口の中のパンを飲み込んだ。

「おいしいです。これ、嫌いな人あんまりいないんじゃないですか？」

カリカリに炒《い》ったアーモンドとカラメリゼされた砂糖、それにブリオッシュがよく合っている。万人に愛される味だと思う。

「あんまり日本に入ってきてないんですよね。こんなにおいしいのに」

中江さんの前だが、空腹だったのであっという間に食べてしまう。

シェフも小さくちぎって少しだけ口に入れた。

「うん、よくできてるよ」

「わあ、よかった」

中江さんはうれしそうな顔をした。

「しかし、問題は知名度だな。知らないとなかなか手にとってもらえないだろう」

「そうなんです。だから試食用に小さく切ったのとか置いてみようかと思います」

志村さんがデセールの準備を始めている。タルトはあらかじめ焼いてあるから、それにベリーのソルベとソースを添えるだけだ。

中江さんは話を続けた。

「あと、砂糖をまぶすかどうかも迷っているんですよね。本場のはたっぷり砂糖がかかってるけど、日本人にはプラリーヌの甘さだけで充分かなとも思うんです」

「でも、砂糖は砂糖の風味があるだろう」

「それもそうですよね。また作ってきたら味見してくれますか?」

シェフと中江さんは顔をつき合わせて夢中で話をしている。ふと、顔を上げて気づいた。

カウンターの紳士が、ずっとこちらを見ていた。ぽかん、と口を開けて、驚いたような顔で。

中江さんの知り合いなのだろうか。彼女を小突こうとしたとき、志村さんがカウンター越しにデセールを出した。

「赤い実を添えたタルト・オ・ショコラです」

紳士ははっと我に返ったような顔になった。

「あ、ああ。これはうまそうだ」

「お飲み物はなにになさいますか？　コーヒー、紅茶、エスプレッソ、ハーブティなどがございます。あとはカフェオレやカプチーノも」

紳士は少し笑った。

「カプチーノを昼に飲む気はしないな。エスプレッソのダブルで」

「かしこまりました」

彼はそれっきり、こちらを見ようとはしなかった。

†

デセールも終わり、紳士は食後のエスプレッソを楽しんでいた。

プラリーヌ入りブリオッシュのおかげで、ぼくの空腹も落ち着いている。彼がゆっくりとくつろいでいても、イライラすることはない。

だが、彼の様子には少し不自然なところがあるような気がした。まるで言い出したいことがあるのに言い出せないから、ちびちびコーヒーを飲んでいるように見える。

もちろん、ぼくの勝手な印象だ。

「エスプレッソ、もう一杯いただけますか？」

「かしこまりました。ダブルで？」

「いや、シングルでいい」

ぼくが行こうとする前に、金子さんがさっと紳士の横に立ち、カップを下げた。

代わりに厨房に入って、マシンでエスプレッソを淹れる。

紳士は角砂糖をひとつエスプレッソに入れて、くるくるとスプーンで掻き回した。

そのままひと息に飲む。

カップを置くと、彼はこれまでと打って変わった早口で言った。

「すみません。先ほど、プラリーヌ入りブリオッシュという話をしておられましたよね」

「はい?」

シェフがきょとんとした顔になる。どうやらシェフは先ほど紳士がこちらを見ていたことには気づいていなかったようだ。

「すみません。わたしはこういうものです」

名刺を差し出す。受け取ったシェフが名刺を読んだ。

「西田《にしだ》さん……大学の先生ですか」

彼が大学教師なら、きっと女子大生に大人気だろう。

「イタリア文学がご専門ですか。なるほど、だから、カプチーノを昼に飲む気にはなれないんだ」

そう言うと西田氏はにこりと笑った。

「イタリアではカプチーノは朝の飲み物ですからね」

そして大学教師ならば授業のスケジュールによって、平日休みになる日もあるだろうし、昼からワインを飲むこともあるかもしれない。

シェフは名刺を置くと、厨房から先ほどのプラリーヌ入りブリオッシュを持ってきた。

「すみません。手をつけてしまっていますが」

「いえ、こちらこそ、勝手なことを申しまして」

西田氏はぺこぺこと頭を下げながら、皿に置かれたブリオッシュを見た。

「五年ぶりでしょうか。日本で再会できるとは思っていませんでした」

「イタリアにも似たようなブリオッシュが?」

「いえ」

彼は首を横に振った。

「わたしにこれを作ってくれたのは、フランス人の女性でした。このブリオッシュには特別な名前があるのですか?」

「ブリオッシュ・プラリーヌと言う場合もありますが、サヴォア地方の村、サン・ジュニで作られた場合はブリオッシュ・サン・ジュニと呼ばれます。わたしが一年ほど滞在していたリヨンでは、どこのブーランジュリーにも置いてありましたよ」

「ジュリーはフレンチアルプスの村の出身だと言っていた……」

ジュリーというのがその女性の名前なのだろう。

「よかったらどうぞ」

彼はおそるおそる、手を伸ばしてブリオッシュを少しちぎった。

目を閉じて、味わうように咀嚼する。

「これを作ったブーランジュリーはこの近くですよ。まだ試作品だと言ってましたが、言えば焼いてくれると思います。生地は店の定番のブリオッシュと一緒ですから……」

話していたシェフの目が見開かれ、ことばが途切れる。

西田氏の顔を見て、ぼくもはっとした。

彼の目からは涙がこぼれていた。

†

西田氏が五年前に研修で赴任したのは、トリノの大学だった。

研修期間は一年、トリノはアルプスに面していて、フランスやスイスとも近い。サヴォア公が治めていた時期もあり、フランスの影響も大きいという。

イタリアでは、気位が高く、まじめな人が多いと言われている地域だが、日本人にとってはその違いがよくわからない。陽気で人懐っこく、時間や約束に関してもあまり厳密ではない。いわゆるラテン気質な人が多いと感じた。たぶん、ローマより南に行ってみれば、その違いがわかるのだろう。

コーディネーターが紹介してくれたのは、大学に近いアパートだった。五階建てでエレベーターがない。西田氏の部屋はその五階だった。最初にスーツケースを持って上がるときにはおそろしく苦労をし、トリノにこようと思ったことを後悔した。

普段の生活ではすぐに慣れたが、たまに本を買いすぎて帰宅したときには、また日本に帰りたくなった。

アルプスの麓だけに、水のきれいな土地だった。水道から出る水もそのまま飲むことができる。街中には公共の水飲み場がいくつもあった。

ジュリーはそのアパートの一階で、パン屋を開いていた。

美しい人だった。ブロンドの髪を一筋の乱れもなく、きっちりとまとめ、白いシェフコートを着ていた。口紅も、香水も、ネイルもつけていない。

だが、シェフコートの下に美しいプロポーションが隠れていることは、ゆるやかな曲線でわかった。

同じアパートだから、店を利用するようになるのは自然な流れだった。ただでさえイタリア料理は量が多い。他人と会食でない日は、家でパンとサラダで軽く過ごしたい。

話をしながら、西田氏はくすりと笑った。

「ご存じでしょうけど、イタリアのパンはフランスほどおいしくない。ジュリーはフランス式のバゲットを売っていましたから、よその店に行く理由はなかった」

シェフも笑って答える。

「その代わりフランスのパスタもひどいものです。コーヒーもイタリアのほうがおいしい」

隣り合った国でもそんなに違うものか、とぼくなどは思う。

ともかく、西田氏はジュリーの店の常連になった。

ドアを開けて入っていくと、ジュリーはいつもこう言った。

「おはようございます、ムッシュ・パピヨン」

「わたしはいつもこれを締めていたからね」

西田氏はそう言って、蝶ネクタイを指さした。

だが、すぐに仲良くなったわけではない。

「ジュリーはイタリア語があまり得意ではなかった。英語と、それとフランス語を駆使して店をやっていた。そしてぼくは、フランス語も英語も話せない」

それでも彼らは話をした。

ぎごちないイタリア語、そして英語を交えながら。

「ジュリーと話したいばかりに、フランス語も少し覚えましたよ。もっとも、ぼくのフランス語よりは彼女のイタリア語のほうがずっとマシでしたが」

「おはようございます。ムッシュ・パピヨン。ご機嫌はいかが?」

西田氏が店に顔を出すと、ジュリーは花のような笑顔を見せた。

それ以上親しくなるのは難しかった。ことばの壁もあったが、西田氏は任期が決まっている。その話は最初からしていたし、それがわかっていて踏み出せるほど彼は情熱的になれなかった。遠距離恋愛ができる距離ではないし、店を閉めて日本にきてくれなどと簡単に言えるわけではない。

だが、それでも考えないわけではなかったという。

「任期が終わるまでになんとか、少しでも先に進めればと思っていました。うぬぼれかもしれないが、彼女もぼくを好いてくれるような気がした」

彼は魅力的な男性だ。うぬぼれなどではないとぼくも思う。

だが、別れは唐突に訪れた。

街が雪に覆われる寒い朝だったという。

インターフォンが鳴らされて、眠い目を擦りながらドアを開けると、ジュリーが立っていた。

いつもはきっちりとまとめられた髪が、豊かに波打っていた。黄色の花柄のワンピース。いつもの数倍美しかった。

心臓が脈打った。部屋に招き入れてお茶をごちそうしてもいいだろうか、そう思ったとき、彼女の口からこんなことばが飛び出した。

「店を閉めることになったの」

「なぜ！」

「病気なの。入院して……手術しないといけなくなったから。でも、そんなに大変なことではないわ」

「どんな病気なんだい」

彼女は答えずに微笑んだ。そして、彼の手にまだほの温かい包みを押しつけた。

「じゃあ、元気で。もう会えないかもしれないわね。あなたが帰国する前に戻ってくるのは難しいかも」

「病院に行くよ」

彼女は首を横に振った。

「こないで。弱っているところを見られたくないから」

優しい拒絶だった。それを押し切るほどの勇気は彼にはなかった。

彼女はかすかに首を傾げた。

「でも、わたしが病気に勝ったら……そのときはまた、会いましょう。戻ってくるから」

「ぼくももし帰国しても、またここに戻ってくるよ」

抱きしめたかった。だが、彼女はすっと身体を引いた。

「行かないと。元気でね」

今言わないと後悔すると思った。

「きみが好きだ」

ジュリーは微笑んだ。「うれしいわ、わたしも」

だがそう言って、彼女はくるりと背を向けた。豊かな金髪がその勢いで広がり、波打った。

階段を駆け下りていく彼女を、彼はなすすべもなく見送った。

部屋に入って包みを開ける。赤い砂糖衣のプラリーヌ入りの大きなブリオッシュが包みの中にあった。


シェフは腕組みをしたまま言った。

「彼女の病気はなにかわかりましたか?」

「癌だったらしい。あとでアパートの大家に聞いたんだ」

「ああ……女性特有の?」

シェフがそう言うと西田氏は驚いた顔になった。

「なぜわかったんだ?」

「彼女からのメッセージですよ」

西田氏は納得できないような顔をしたが、すぐに話を続ける。

「わたしがトリノにいる間、彼女は戻ってくることもなく、連絡すらなかった。乳癌だったが癌は初期のものだったと聞いた」

後ろ髪を引かれながら、西田氏は帰国した。

「半年後、もう一度トリノに向かったんだ」

そこで彼は、アパートの大家から知らされた。

「ジュリーは自ら命を絶ったらしい。手術で両乳房を切除して、フランスの田舎に帰った。そこで、乳房を失った自分の境遇に絶望して……と」

悲痛な声だった。ぼくは唇を嚙みしめて、顔を背けた。

沈黙の中、シェフが言った。

「確かめましたか？」

「え？」

「彼女の墓は？　実家は？　アパートの大家以外の人に話を聞きましたか？」

彼の目が泳いだ。

「い、いや……でも、彼が嘘をつく理由は」

「理由はありますよ。イタリア語の話せない彼女が、どうやってトリノに店を持てたと思いますか？」

美しく若い女性。下世話だが、可能性は考えられる。

「パトロンが……いたということか」

だとすれば、それがアパートの大家であるということも考えられる。

「もちろん、下世話な勘ぐりです。でもありえないことではないと思います。彼女はなぜ、自分から踏み込もうとはせず、告白を受けても連絡先も渡さなかったのか」

「しかし……それだけで……」

「もちろん、それだけです。だが、わたしはジュリーさんが、自分の境遇に絶望して、自ら命を絶つような女性だとは思えない。そうあってほしくないという願望かもしれない」

「だが、シェフはわたしの話でしか、彼女を知らないわけですよね」

「そうですね。でも、あなたの話があまりにうまいので、わたしも彼女に夢を見たくなってしまいました」

シェフは、ブリオッシュののった皿を前に押し出した。

「このブリオッシュの伝説を知っていますか？」

「伝説？」

「シチリアの執政官が、アガトという女性に結婚を申し込んだそうです。彼女が拒絶すると、執政官は彼女を憎み、拷問で乳房を切り取った。だが、翌日になると乳房は再生していたといいます。その聖アガトの生誕の日に、このブリオッシュは作られるのです。女性の乳房をかたどって」

「再生……」

「これを焼いてあなたに渡したのは、どんな病かをほのめかすため、そして彼女の決意だと思っています」

かならず、生き延びる。どんな理不尽な目に遭っても。

「その後、アガトは火刑台へ送られますが、彼女が火刑台に立った瞬間、大地を揺るがすような地震が起き、彼女は助かったと言います」

西田氏はぼんやりとブリオッシュを眺めていた。

「どんな強い女性でも、気持ちが折れてしまうことがある。だから彼女は本当に自殺したのかもしれない。でも、もう一度確かめてみたほうがいい。どこかに彼女からのメッセージが残されているかもしれない。たとえば、店の名前に自分の名を使うとか」

西田氏はゆっくり口を開いた。

「噂はあった。ジュリーが大家の愛人である、という……」

「だとすれば、大家が嘘をつく理由は存在する。女性としての魅力を失ったと感じた大家が彼女を追い出し、それを知られたくないと思ったのか。それとも、あなたに嫉妬したのか」

西田氏はいきなり立ち上がった。

「すまない。わたしの鞄を持ってきてもらえないか？」

ぼくは入り口のクローゼットから、彼の大きな鞄を取り出した。

彼は鞄を開けて、ノートパソコンを取り出した。モバイルルーターの電源を慌ただしく入れる。

シェフは話を続けた。

「女性は男性からの評価や、男性にとっての魅力を失うことを恐れていると考えてしまうのは男性の悪い癖だ。女性も男性もそれぞれの人生を生きているのに、男にとっての異性の評価は、彼の人生のごく一部なのに、女にとってのそれは男とは比べものにならないほど大きいと考えてしまうのです。だから、大家もそんなストーリーを語ったのでは？」

パソコンを立ち上げ、検索しながら西田氏は言った。

「そして、わたしもそれを鵜《う》呑《の》みにしてしまった……」

黙っていた金子さんが、ぼくにだけ聞こえるように小さくつぶやいた。

「同じ、人間なのにね」

西田氏は大きく息を吐いた。

パソコン画面をこちらに向ける。

ウェブサイトの中で、金髪の美しい女性が微笑んでいた。髪をきっちりとひっつめて、白いシェフコートを着て。

写真の下には、ジュリー・デュピュイ Julie Dupuy という名前があった。ブーランジュリーのウェブサイトのようだった。店があるのは、アルベールヴィル。サヴォア地方の街だ。

店の名はブーランジュリー・パピヨンだった。

マカロンはマカロン

Un macaron, c'est un macaron

ときどき考える。フランス料理とデートが結びつけられたのはなぜだろう。和食、特に懐石料理などは同じように手が込んでいても、デートのイメージはない。同じくらいレストランがたくさんあるイタリア料理とくらべても、フレンチにはデートのイメージがつきまとう。

気取らないビストロである〈パ・マル〉にもカップルはよくやってくる。特にクリスマス前や、バレンタイン前後には、店にくる客のほとんどがカップルであるということもしばしばである。

そして、ホワイトデーが近い今週も、バレンタインデーほどではないがカップルが増える。

こうなると、自分に彼女がいないのもかえってラッキーなような気持ちになってくる。恋人ができたって、クリスマスイブもバレンタインデーも、もちろんホワイトデーも一緒に過ごせない。

もちろん、ただの負け惜しみなのだが。

火曜日の七時半。週のうちでは空《す》いている曜日だが、テーブルは予約で埋まっている。まだ人がいないテーブルにも、このあと客がくる予定だ。カップルとは限らないが、予約はすべて二名で入っている。

奥の席でブイヤベースを食べている男女のテーブルに、ワインを注ぎに行った金子さんが帰ってきた。

「なに、ぼうっとしているの？　高築くん」

ぼうっとしているつもりはないのだが、よくそう言われる。ギャルソンとしてはあまり褒《ほ》められたことではない。

「きりっとしてるつもりですよ。きりっと」

眉を寄せて、まじめに見えるような顔を作ってみたが、金子さんはぷっと噴き出した。

笑わせるつもりはなかったのだが、どうやらぼくのまじめな顔はそれだけでおかしいらしい。笑ってもらえることは嫌いではないのだが、少々複雑である。

フロアに目配りしながら、そんなことを考えていると、ドアが開いた。入ってきたふたり連れを見て、おや、と思った。

四十代ほどの女性の後ろに、若い女性がいる。二十代半ばくらいだろうか。どちらもはじめて見る顔だ。

「いらっしゃいませ」

「予約していた羽田野《はたの》ですが」

四十代の女性がそう名乗った。全体的にふっくらとしていて髪をひとつにまとめている。いかにも、おいしいものをよく知ってそうなタイプの人だ。

後ろにいる若い女性は、百七十センチはありそうな長身で、棒のように痩せている。セミロングの髪とローズピンクのコートが華やかだ。

友達にしては年が離れているが、親子ほどは離れていない。職場の先輩後輩か、上司と部下という感じだ。

上着を預かって、入り口近くの席に案内する。なにも言わず、年上の女性が壁側の席に座った。

年上の女性は、身体にフィットしたパンツスーツを着ている。少し太り気味で化粧はほとんどしていないように見えるが、髪型や服装などには気を遣っているのだろう。似合っているし、なんとなくいいものだということがわかる。

「小さいけど、よさそうな店ね」

「そうですね。楽しめそう」

若い女性は低い声でそう言って、店内を見回した。

メニューを渡すと、年上の女性が言った。

「好きなものを頼んでいいわよ。これも勉強だから」

「ええ、ありがとうございます」

どうやら、年上の人のおごりらしい。だとすれば、ただの先輩後輩というより、上司と部下に近い関係だろうか。

勉強になる、と言うからには食品関係かもしれない。もしくはなにか芸術に関する仕事か。年上の女性にはそんな印象があった。会社で働いているようには見えない。

ふたりがメニューを見ている間に、ぼくは金子さんのところに戻った。

「あの人たち、ソムリエか料理人かもしれないですね」

「どうしてそう思うの？」

「『勉強だから』って言ってました」

金子さんは、映画かドラマの探偵のように、顎に人差し指を当てて首を傾げた。

「ソムリエにしては、若い人のほう、少しメイクが濃いわね。香水もつけてたし」

金子さんはほとんど化粧もしないし、香水もつけない。ソムリエは嗅覚《きゅうかく》が大事なのだと前に言っていた。

「年上のお客様はちょっとそれっぽい雰囲気がある気がするけど」

年上の女性が料理人で、若い女性はぼくのようなサービス係なのかもしれない。

若い人はぱっと花が咲いたように華やかだから、人前に立つ仕事をしているような気がする。

「美人ですよね」

金子さんはふうん、と鼻を鳴らした。

「高築くん、ああいう人が好きなんだ」

「いや、そういうわけではないですけど」

だが、カップルばかり見ていると、ふたり連れの女性がなんだか魅力的に見えてしまうのかもしれない。そう言うと、金子さんはくすりと笑った。

「女性同士でもカップルかもしれないわよ」

そういう可能性は考えたことはなかった。

オーダーが決まったようなので、テーブルに近づく。

「お決まりでしょうか」

「わたしはサラダ・リヨネーズと、アンドゥイユのグラタンにするわ。岸部《きしべ》さんはどうする?」

年上の女性はそう言った。若い人が岸部さんだとすると、年上の女性は予約の名前である羽田野さんだろう。

「わたしは、パテ・ド・カンパーニュとカスレをお願いします」

やはり、オーダーの仕方が玄人《くろうと》っぽい。

アンドゥイユは豚のモツを詰めたソーセージのようなもので、フランスの地方料理だ。ブルゴーニュやディジョンやリヨンなど各地で作られている。もともと少し臭みがある料理なのだが、〈パ・マル〉では、じゃがいもとクリームを合わせてグラタンにすることで、日本人でも食べやすく調理している。

おいしいのだが、あまり知られていない料理だから注文する人は少ない。説明を聞いたあと、これを選ぶ人はいるが、彼女は説明も求めなかった。つまり、アンドゥイユを知っているということだ。そこに、サラダ・リヨネーズ、つまりリヨン風サラダを組み合わせるのは、フランス料理にくわしい人ならではだ。

寿司屋の注文方法と同じように、フレンチのメニューの組み立て方からもその人のセンスが透けて見えることがある。もちろん、タブーな組み合わせがあるわけではないし、似たような味つけの料理ばかりになるときは、ぼくや金子さんが説明する。

羽田野さんは、ワインリストを熱心に読み込んでいる。ぼくは金子さんにバトンタッチして、厨房にオーダーを通しに行った。

三舟シェフは、オープンキッチンからフロアをじっと見ていた。

「どうかしましたか?」

サラダを盛りつけていた志村さんが尋ねた。

「なあ、高築。あの入り口そばのお客さん、名前訊いたか?」

シェフにいきなり尋ねられて、驚く。

「年上の方《かた》ですか? それとも若い……」

「年上の丸いほう」

丸いほうとは少し失礼だ。

「予約のお名前は羽田野さんって聞いてます。若いほうの人は違う名前でしたから、たぶん羽田野さんではないかと」

ふたり連れなのだから、ほかの名前である確率は低いだろう。

「羽田野さんか……じゃあ、他人のそら似か」

シェフは独り言のようにそう言った。

料理関係の人かもしれないですよ、と言う前に、目の前に、きれいに盛りつけられた蜂蜜鴨のローストが出てきた。急いで、それをフロアに運ぶ。

鴨のローストを注文したのは、羽田野さんたちの隣のテーブルだった。サーブしている最中、羽田野さんたちの会話が聞こえてくる。

「そう……お祖母《ばあ》さん心配ね」

「ええ、だから来週帰ってきます。両親とあまり折り合いがよくなくて、もう五年くらい帰ってなかったんですけど、祖母には可愛がってもらったから……」

どうやら、岸部さんのお祖母さんの具合が悪いらしい。

「もう九十歳だからある程度覚悟はしているんですけど」

岸部さんはそう言ってためいきをついた。

フェミニンな外見とは、少し印象の違う低い声だった。

「お店のほうは、心配しなくても大丈夫よ。でも、もしすぐに帰ってこられないようなら連絡はちょうだいね」

やはり、レストランか、もしくはなにかのお店の、店長かオーナーと従業員というふたりらしい。

厨房に戻ると、志村さんが、サラダ・リヨネーズを作っていた。

フランス地方料理のサラダでは、サラダ・ニソワーズが有名だが、本場ではリヨネーズも負けず劣らず有名だと聞く。茹でたじゃがいも、ツナ、アンチョビ、オリーブなどの地中海らしい材料を揃えたニソワーズに対し、リヨネーズは香《こう》ばしく焼いた鶏レバー、ベーコンやチョリソー、それにポーチドエッグを添えるのがお約束だ。

リヨンは美食の都だと、聞いたことがある。もちろん、ぼくは行ったことがないが、シェフはフランスでの修業が長く、リヨンにもしばらくいたらしい。

アンドゥイユもその頃覚えたと話していた。血のソーセージであるブーダン・ノワールは、最近日本のフレンチ・レストランでも見るようになったが、アンドゥイユはまだたまにしか見かけない。

そもそも豚のモツを使うのだ。うまく作らないと臭みが出てしまうし、脂の部分を丁寧に取り除かなければならないから、時間もかかる。

だがフランス人や、フランス滞在歴のある常連客などは目を輝かせて喜ぶ。食べやすくしたグラタンではなく、そのまま焼いたものを注文する常連客も多い。

うちのような小さな店で、ブーダン・ノワールや、アンドゥイユなど手のかかる料理を出すのは大変だが、それがフランス各地で修業してきたシェフの矜持《きょうじ》なのだろう。

羽田野さんは、なぜかサラダ・リヨネーズを食べて首を傾げている。口に合わないのだろうか。

「どうかしました？」

「うん、ちょっとね。パテ・ド・カンパーニュはどう？」

岸部さんは、サクサクに焼いたバゲットにパテをたっぷりのせて囓《かじ》った。

「とてもおいしいです。野趣《やしゅ》があって、本当にフランスの田舎で食べたものみたい」

ふたりはブルゴーニュの赤ワインを飲んでいる。金子さんが頻繁にサーブしに行っているところを見ると、なかなかのワイン好きのようだ。

空いた皿を下げて厨房に行くと、シェフがまたフロアを気にしていた。

やはり、羽田野さんのことが気にかかるようだ。

「知り合いの方に似てらっしゃるんですか？」

そう尋ねるとシェフが頷いた。

「ああ、十五年くらい前の、な」

だとしたら、フランス修業時代だ。

「どうやら、レストランかなにかやってる方みたいですよ。勉強だから好きなものを注文してもいいとか、お店がどうのとかおしゃべりしてました」

「そうか……」

シェフはなにか考え込んでいる。

「姓が違うのは結婚されたせいかも……」

「いや、俺が知ってる女性は既婚者だったから」

デセールのフロマージュフレにラズベリーソースをかけながら、志村さんが言った。

「じゃあ、離婚したのかもしれませんよ」

オーブンのタイマーが鳴った。アンドゥイユのグラタンが焼けたようだ。

ぼくはグラタンと、岸部さんの注文したカスレを持って、フロアに出た。

熱々のグラタン皿をサーブすると、羽田野さんは小さな声で言った。

「やっぱり」

思わず尋ねた。

「いかがなさいましたか?」

羽田野さんはナイフとフォークを手に取りながら言った。

「ここのシェフのお名前は?」

「三舟忍《しのぶ》です」

羽田野さんは、ナイフとフォークを持ったまま立ち上がって声をあげた。

「三舟くん! やっぱり三舟くんなのね!」

「す、鈴子《すずこ》さん？」

そのときのシェフの、ぎょっとした顔をぼくはたぶん忘れないと思う。

†

羽田野さんは、やはりシェフの古い知り合いだったらしい。

「リヨンのレストランで一緒に修業していたのよ」

彼女は懐かしそうに目を細めてそう言った。

食事が終わり、ほとんどの客が帰ったあと、羽田野さんと岸部さんはカウンター席に移ってきた。

シェフ特製のヴァン・ショーがカウンターに置かれる。今日は肌寒いから、熱くてスパイスのきいたヴァン・ショーは身体を温めてくれるだろう。

「当時は寺尾《てらお》さんでしたよね。似てるとは思ったんですが」

シェフがそう言うと、羽田野さんは胸を張った。

「そう。離婚して、それからまた再婚したの」

過剰な女性っぽさのない人だが、かなりの肉食系であることには間違いなさそうだ。

岸部さんのほうはあまり話をせず、隣でにっこりと微笑んでいる。

「で、鈴子さんは今も料理人を？」

「今はもう厨房には立っていないの。腰を痛めてしまったから、立ち仕事はもうできないわ」

少し寂しそうに言ったあと、笑顔になる。

「その代わり、今はフレンチ・レストランを経営しているの。彼女はそこで働いているパティシエールよ」

岸部さんが頭を下げた。

「岸部彩香《あやか》です」

長い髪が揺れると、たしかに金子さんの言うとおり、香水の匂いがした。

〈パ・マル〉には料理人やパティシエも食べにくるし、その中には女性もいる。だが、どの人もほとんど化粧をしていないか、薄化粧だ。岸部さんのようにしっかりメイクをしてフェミニンに装っている人は珍しい。

仕事中ではないからだろうか。だが、香水の匂いは料理の匂いを邪魔しそうな気もする。

「変わった子なのよ。大学でフィンランド語を勉強して留学したり……」

羽田野さんにそう言われて、彼女はふふっと笑った。

「両親が厳しくて、パティシエールなんて絶対に許さないと言われて、大学に行ったんです。卒業してから、自分で製菓学校に通いました」

「彼女の作るマカロンは、なかなかのものよ」

羽田野さんのことばに、シェフは少し笑った。

「鈴子さんはデセールがあまり得意ではなかったですからね」

彼女は肩をすくめた。

「甘いものはそんなに好きじゃないの。もちろん、味はわかるわよ。それなりに修業はしたんだから」

「で、鈴子さんが経営しているフレンチはどこですか？　また行きますよ」

羽田野さんは店のカードを名刺入れから出して、配った。

〈ビストロ・カミヨネット〉とカードには書かれていた。

「全部で三軒経営しているけど、〈パ・マル〉からいちばん近いのはここね」

さすがにシェフも少し驚いたようだ。

「女性実業家に転身じゃないですか」

「どうやら、料理人よりこっちのほうが向いてたみたい」

羽田野さんの夫は、一軒目の店の料理人だという。三軒とも従業員は少なく、小さいレストランだが、それぞれまったく違う個性を押し出しているらしい。

一軒目の〈ヴィアンド〉はフレンチの中でも肉料理に特化したビストロで、二軒目の〈シーニュ〉は、ゴージャスなコース料理を提供するレストラン。そして去年の秋に、三軒目の〈カミヨネット〉を開店したということだった。

〈ヴィアンド〉は肉、〈シーニュ〉は白鳥。どちらもフレンチ・レストランの名前らしいが、〈カミヨネット〉だけ少し変だ。カミヨネットはミニバンを意味するフランス語だ。

「〈カミヨネット〉はどういうコンセプトなんですか?」

「従業員が全員女性なのよ。シェフも、他の料理人もみんな」

シェフは少し驚いた顔になった。

「それは珍しいですね。フレンチの世界はいまだに男性社会なのに」

「わたしが苦労したからね。だから、女性料理人《キュイジニエール》をサポートしたいの」

まだオープンして半年だが、評判はいいらしい。

羽田野さんは指をくんで、記憶をたどるように遠い目をした。

「体力ではどうしても男性にはかなわない。重い食材や、ワインの入った木箱などを持たされるのが当たり前で、わたしは腰を痛めてしまったけれど、でも、そういうことをしないと料理人になれないのもおかしいと思うの。センスさえあれば、あとはみんなでサポートし合えばいいんだから」

岸部さんは先月末から、〈カミヨネット〉でパティシエールとして働きはじめたという。

「もともと〈ヴィアンド〉に女性のパティシエールがいたから、その人に〈カミヨネット〉にきてもらったんだけど、産休を取ることになってしまったの」

急いで探して、見つかったのが岸部さんだった。

「これまで、どこか別の店で働いていたんですか？」

岸部さんが答えたのは、老舗ホテルの名前だった。

「すごいじゃないですか。あそこは厳しいから、なかなか女性ではつとまらないと聞きますよ」

志村さんがそう言うと、岸部さんは困ったような顔になった。

「だから、やめたんです」

「ああ……なるほど」

料理人の仕事の厳しさは、〈パ・マル〉の厨房を見ていてもわかる。朝から仕込みをし、ランチタイムの営業をして、また夜の仕込みに入る。それから夜十一時近くまで働くのだ。しかも他の仕事のように、週休二日というわけにはいかない。

菓子職人も似たようなものではないだろうか。

「でも、女性ばかりというのはおもしろいコンセプトだと思いますよ」

「でしょう。テレビや雑誌の取材もよくきてくれるわ。もちろん話題性だけじゃ駄目だけど」

羽田野さんは両手でデュラレックスのグラスを温めた。

「すぐには難しいかもしれないけれど、本当は、結婚して子育てをしながらでも料理人ができればいいと思っているの。産休や育休を取ったり、合間の時間に保育園にお迎えに行くことができるとか」

「いいですね。男性もそうなると働きやすくなりますよ」

志村さんは頷いた。

「水商売などは、若いシングルマザーを呼び込むために託児所を一緒に設けたりしているでしょう。一店舗だけで託児所を作ることはできなくても、店舗数が増えればそういうこともできるかもしれない。だからいくつもお店を成功させたいの」

自分が男性社会で苦労してきたからこそ、そう考えるのだろうか。

「長く働けることは、意欲や向上心にもつながりますしね。長い目で見れば、料理人に滅私奉公を求めるよりもいいかもしれない」

「ま、夢物語かもしれないけれどね」

羽田野さんはそう言うと、はっとしたようにグラスを置いた。

「そうそう。岸部さんに言わなきゃいけないことがあったの。女性ばかりの店だから前にみんなで相談して決めたのよ。香水は絶対に駄目。それとメイクも、仕事中は禁止ね。やはり匂いが気になるし、アイシャドウの粉なんかが料理の中に入ってしまうと困るから」

岸部さんは驚いたように目を見開いた。

「そう……だったんですか?」

「ええ、言わなくても働きはじめたら、みんなの姿を見て気づいてもらえるかと思ったんだけど。これからはお願いね」

「わかりました……気をつけます」

彼女はうつむいた。その顔を見て、羽田野さんはあわてて言った。

「別に怒ってるわけじゃないのよ。そのことは、ちゃんと伝えなかったわたしも悪いんだから。だから、次からお願いね」

岸部さんの表情は晴れなかった。

そういえば、女友達に「絶対にノーメイクではコンビニにも行かない」という子がいたことを思い出す。彼女にとって、素顔とは裸も同然らしかった。岸部さんもそういうタイプなのだろうか。

だが、男のぼくには、素顔と全裸はまったく違うとしか思えない。

†

その翌日は、店の定休日だった。

ゆっくり寝ていたいのはやまやまだったが、前に髪を切ってから一か月が経っている。サービス業、しかもお客様が晴れやかな気分で来店してくれるようなレストランの従業員が、見苦しい髪型をしているわけにはいかない。

前日から予約していた美容院に、ぼくはやってきた。

ドアを開けようとしたとき、ちょうど内側から女性が出てきた。

その背の高い女性は、ぼくを見て驚いた顔になった。その表情で気づいた。岸部さんだった。

「あ、昨日はどうもありがとうございました」

昨日は座っていたから、そんなに感じなかったが、目の前にするとぼくよりも背が高い。

「いえ、こちらこそごちそうさまでした」

岸部さんは気まずそうな顔でそう言った。

すぐにわからなかったのも無理はない。昨日の彼女はきれいに巻いたセミロングのヘアスタイルだったが、今日の岸部さんはショートカットだった。メイクは昨日と同じで派手だが、それだけで別人のように見える。

「髪切ったんですね」

そう言うと、彼女は少し困ったような顔で言った。

「ええ、ひさしぶりに実家に帰るので……」

そういえば、昨日、お祖母さんの具合が悪いと言っていた。

「それでは失礼します」

彼女は頭を下げて、足早に歩きはじめた。

ぼくはその背中を見送ってから、美容院に入った。

†

その翌週の木曜日だった。

十時半のオーダーストップを過ぎ、厨房にほっとしたような空気が流れたときに、店のドアが開いた。

「すみません。もう閉店……」

そう言いかけたとき気づく。入ってきたのは羽田野さんだった。

「こんばんは。ちょっと、いいかしら」

そういう彼女は、どこか憔悴《しょうすい》したような顔をしている。シェフたちも驚いた顔になった。

「どうかしたんですか？」

「ちょっと相談したいことがあるの……」

「もちろんです」

シェフがそう言うと、彼女はカウンターの席に腰を下ろした。ピンク色の紙箱を取り出す。

「これを見てくれる？」

その紙箱を開くと、中には分厚いクッキーのような焼き菓子が入っていた。ガレットというブルターニュ名物の焼き菓子にも似ているが、少し違う。

「なんですか？　これは」

覗き込んだシェフに、羽田野さんは言った。

「岸部さんから送られてきたの。彼女はこれをうちの店に送ってきて、そのままいなくなっちゃったの。携帯に電話しても出てくれないわ」

シェフと、志村さんが顔を見合わせる。

シェフは手を伸ばして、その焼き菓子を取った。

「送られてきたのは、これだけでしたか？」

「カードが一枚ついていたわ」

羽田野さんが差し出したカードをシェフは受け取った。

「マカロンはマカロン」

シェフはそうつぶやいた。どうやらカードにそう書いてあるようだった。

「ねえ、わたし、あの日彼女にひどいこと言ったりしなかったかしら。メイクと香水のことを言ったの、そんなにひどい言い方だったかしら」

「そんなことはないと思いますよ」

志村さんがそう言っても、羽田野さんの顔は晴れなかった。

シェフがちらりとぼくを見た。

「高築、おまえ、岸部さんに会ったって言ってたな」

「ええ、あの次の日美容院で会いましたよ。実家に帰ると言ってました」

「それは聞いてるわ。お祖母さんの具合が悪く、最後に会いたいと相談されたから、だから三日間の休暇をあげたの。でも、そのあとから連絡が取れなくなってしまって……」

シェフはゆっくりと顎を撫でた。

「ちょっと調べたいことがあるんで、二、三日したらまた、いらしてもらえませんか？」

羽田野さんは驚いた顔になった。

「なにか心当たりがあるの？」

「ええ、どこに行ったのかまではわかりませんが、彼女がなぜ姿を消したかならわかるかもしれません」

シェフは悪戯っぽい顔で笑った。

†

羽田野さんが再びやってきたのは、その二日後だ。

週末は彼女も忙しかったらしい。

「岸部さんが抜けた代わりに、わたしも厨房に入ってたの。二、三時間だけならば、腰も大丈夫だしね」

なるほど、オーナーが元料理人だと、急に休みを取った従業員の代わりもできるということだ。

彼女は、カウンターの席に座った。

「ねえ、なにかわかった？」

「まず、岸部さんが働いていたと言ったホテルに連絡を取りました。志村の元同僚が同じホテルのフレンチで働いていたそうですから、そのつてで」

羽田野さんは目を丸くした。

「彼女の前の職場が、なにか関係あるの？」

「鈴子さん、岸部さんの自己申告だけを信じて、そのホテルに確認は取らなかったんでしょう」

「ええ、どこで修業してきたかよりも、実際においしいデセールを作れるほうが大事だったもの」

そう言ったあと、はっとした顔になる。

「もしかすると、彼女、嘘をついていたの？」

「嘘、と言えるかもしれません。でも、彼女の中では嘘ではなかった」

羽田野さんは不思議そうに、シェフを見上げた。

「そのホテルの製菓部門で働いていた人の中に、『岸部隆也《たかや》』という人がいました。華奢《きゃしゃ》で女性的な容貌と仕草の人だったと聞きました」

「……じゃあ」

「その人が岸部さんでしょう」

羽田野さんは驚きのあまりか、呆然としている。ぼくも驚いた。たしかに言われてみると、背が高く、声も低かったが、完全に女性にしか見えなかった。

「女装……してたってこと？」

「女装ではないと思います。トランスジェンダーだったのではないかと」

「トランスジェンダー？」

彼女はその単語に馴染みがないようだった。ぼくもぼんやりとしか知らない。

「自分の持って生まれた身体とは性自認が違う人、性同一性障害ということばも使われていますね。トランスジェンダーはいろんなケースを含むことばではありますが、生まれた性として生きることを望まなかった人だと考えて、間違いないでしょう。つまり、彼女――トランス女性は女性として扱うべきですから、彼女と呼びますね。彼女は、男性の身体で生まれて、戸籍上は男性ですが、本人は女性として生きたかった。男性として生きることに苦痛を感じていたんでしょう。肉体的にも性別を変更する手術もありますが、それを受けていたかどうかはわかりません。その手術を受ければ、戸籍上の性別も変更できます。していなかったから、鈴子さんに言えなかったんではないかな、と思いますが、まあ、それはプライベートなことですね」

彼女はまだ驚きを隠せないようだった。

「男性と同じように体力はある。でも、料理業界はまだマッチョイズムのようなものが根強く残っている。老舗ホテルでの仕事は、彼女にとって苦痛なことがたくさんあったでしょう。だから、〈カミヨネット〉のように、女性しかいない職場は心地よかったのかもしれない。だが、一方で不安もある。鈴子さんは、料理業界が排除しがちな女性料理人をサポートする気持ちが強くあった。つまり、肉体的には男性である自分は、そこから弾《はじ》かれてしまうかもしれない」

「そうね……。たしかに、男性として面接にきていたとすれば、雇わなかったかもしれない」

「自分にとって、自然な装いで働きはじめた彼女に、ふたつの壁が立ちはだかります。ひとつはお祖母さんの病気です。彼女は実家には長いこと帰っていないと言っていた。

両親が厳しいとも言っていた。つまり、実家には性自認が違うことは話していないか、両親はそれを受け入れてくれないのだと想像できます。だから、実家に戻るためにのばしていた髪を切った」

あのとき、実家に戻るから、身なりを整えるために美容院に行ったのだとぼくは考えた。だが、身なりを整えるためではなく、髪を短くするために行ったのだ。

「もうひとつ、あの日、彼女は仕事中はメイクしてはいけないと聞きました。素顔でも短い髪でも、不安を覚えずに人前に出られる人ならば問題はない。でも、彼女にとってそれは洋服を剝がれるほど、自分をさらけ出すことだったのかもしれない。あの香水も、彼女にとっては自分らしくあるために必要な装いだったのではないでしょうか。それなしでいることに、不安を感じてしまうほど」

だから逃げ出したのだろうか。

羽田野さんはしばらく黙り込んでいた。

「忍くんはいつ気づいたの？」

「マカロンを見たときです」

「マカロン？」

三舟シェフは、ピンクの紙箱を出した。岸部さんが送ってきたものだ。

「マカロン？　これがマカロンなの？」

　ぼくが知っているマカロンは、ピンクやオレンジなど可愛いらしいパステルカラーで、こわれやすそうな繊細なお菓子だ。だが、今目の前にあるのは、色などついていない普通の焼き菓子である。

「マカロン・ダミアン。つまりアミアンのマカロンです。ピカルディ地方のアミアンという街で焼かれています。これだけではない。フランスの地方菓子には、いろんなマカロンがある。どれも卵白とアーモンドの粉を使った素朴なお菓子だ。でも、今日本に入ってきているのは、マカロン・パリジャンだけです。着色して、香りをつけた美しいお菓子だけ。これは女性の状況に似ていませんか？」

　女として生まれたり、女として生きることを望んだだけではまるで女性ではないように扱われる。若くて美しく装った女性だけが、特権的な女性であるように存在している。

「マカロン・パリジャンももちろんマカロンだ。でも、世界にはそれだけではなく、いろんなマカロンがある。これは彼女のメッセージだ。もしかすると、戻ってこられないのは家族と揉《も》めているからかもしれない。もうひとつの不安は、戻っても居場所があるかどうかわからないということもあるんでしょう」

羽田野さんは小さくためいきをついた。

「……言ってくれればよかったのに」

「言えないほど、これまで傷つけられてきたのかもしれない」

羽田野さんは、マカロン・ダミアンを一口囓った。勧められて、ぼくもひとつ手に取った。

フランスのお菓子にしてはバターを感じない。素朴な分、アーモンドの香りが強い。噛むと優しくほろほろと崩れた。

マカロン・パリジャンよりも好きかもしれない。これは日本人にも好まれる味だ。

「もうひとつ、彼女はフィンランド語を勉強していたと言った。フィンランド語は、英語やフランス語と違い、三人称に女性形と男性形がないんですよ。『彼』と『彼女』の区別がない。そのことが岸部さんにとっては心地よかったのかもしれない」

「……知らなかったわ」

「彼」と「彼女」が区別されない世界で、岸部さんは生きたいように生きたかったのかもしれない。

「彼女が〈カミヨネット〉で働けないと思っただけならば、マカロンを送ってきたりはしないのではないでしょうか。彼女は怯えながら、自分の居場所を探している」

羽田野さんはしばらく考え込んでいた。やがて、大きくのびをする。

「電話、しないとね」

最初に店にきたときの明るい表情に戻っていた。

「なんて言うんですか」

「留守番電話に残すわ。あなたがどんな人であろうと、おいしいマカロンを作ってくれる限り、待ってるって」

羽田野さんの運転するカミヨネットは、疎外された人を乗せて行くのだ。

タルタルステーキの罠

Le piège du steak tartare

ギャルソンの大事な仕事に、電話に出ることがある。

一日に何度も電話に出て、連絡を受けたり、予約帳に予約を書き込んだりする。

だからというわけではないのだが、電話の音が鳴った瞬間に、その電話がどういう人からなのか、少しだけわかることがある。

いちばん忙しい時間に予約電話をかけてくる人は、だいたいマイペースか、自分も忙しい人であることが多い。閉店間際か、ランチの終了時間にかけてくる人は遠慮がちで、ランチが終わったあとの休憩時間や開店前にかけてくる人は、すこしせっかちだ。

そして、その電話も、はじめから不穏な気配があった。

†

タブリエの紐を締めながらフロアに出てきたとき、電話が鳴った。

まだ開店時間には一時間以上あるし、営業時間外の電話には無理に出なくていいことになっているが、業者からの連絡という可能性もある。もちろん、予約の電話だってありがたいことには変わりない。

ぼくは、受話器を取った。

「はい、ビストロ・パ・マルです」

「あの、そちらのお店ではタルタルステーキはメニューにありますか？　できれば馬肉ではなく牛肉で」

唐突な質問だった。女性の声だ。

メニューにある、ないと言われれば、メニューには載せていない。だが、この場合、それを即座に答えるべきではない。

「少々お待ちください」

ぼくは、キッチンでランチの下ごしらえをしている三舟シェフに声をかけた。

「牛肉のタルタルステーキって、出せますか？」

シェフは肉の筋切りをしながら、ちらりとぼくを見た。

「二日前に予約入れてくれたら出せるよ」

その答えを聞いてから、ぼくは保留にしていた電話を取った。

「お待たせしました。二日前までに言っていただければご用意できます」

返事は予想外のものだった。

「メニューにはないの？」

「メニューとしては出していませんが……」

そもそも、タルタルステーキは生肉料理だ。韓国料理のユッケなどもあるが、日本では誰でもが好きな食べ物ではない。

「その日にメニューに載せてもらうことはできる？」

つまり、特別にその人のために用意したという形ではなく、あくまでも「メニューにあって注文できる」という形にしたいということだろうか。

ビストロ・パ・マルには二か月ごとに変わる通常メニューのほかに、毎日黒板に書く、「本日のメニュー」がある。そこにタルタルステーキを入れることはできる。

だが、それを決めるのはぼくではない。

「確認してきますので、少々お待ちいただけますか？」

シェフにまた尋ねる。

それを聞いて、シェフの眉間に皺が寄った。

「そりゃ、かまわないけれど……」

不満そうだが、とりあえずＯＫはもらった。ぼくは電話に出る。

「黒板の『本日のメニュー』に載せることはできます」

「そう、よかった。誘いたい人がタルタルステーキが好きなんだけど、その人が絶対頼むかどうかはわからないから」

つまり、タルタルステーキ用の肉を仕入れても、それを頼むかどうかは本人が来店するまでわからないということだろうか。

だが、仕入れた素材があまってしまうのはよくあることだし、過去に同じように頼まれたこともある。ディナーであまった素材は、翌日のランチに持ち越され、それでも残った場合は、スタッフの賄いになる。

食材のやりくりも、シェフの腕の見せどころだ。

「じゃあ、また改めて電話するわ」

そう言って電話は切れた。今日、予約をするわけではないらしい。

シェフの隣で、ハーブを洗っていた志村さんが口を開く。

「高築くん、予約、いつだって？」

「また改めて電話するそうです」

「ふうん……」

もちろん、ほかにも候補の店があって、いくつか検討しているのかもしれない。そのまま電話がかかってこない可能性もある。

志村さんはサラダに使うハーブをサラダスピナーに入れてハンドルを回す。たっぷり水分を吸収させたあと、水気を切って、冷蔵庫で冷やすことでサラダはおいしくなる。自宅で、ささっと洗っただけの野菜とは全然違う顔になる。

「珍しいですね。タルタルステーキなんて」

シェフが頷いた。

「フランスでは、どちらかというと、カフェとかで提供されるカジュアルな料理だからな」

「そうなんですか」

ぼくもタルタルステーキは食べたことがないが、なんとなく高級料理のような気がしていた。

「日本では安くは出せないな。生肉料理は肉をトリミングしないといけないからな」

「トリミング？」

「そう。業者から納入された肉は、表面が菌で汚染されている可能性がある。火を通せば問題ないんだが、生で提供する場合は、出す直前に肉のまわりを大きく切り取って、内側の汚染されていない部分だけを提供する必要があるからな。必然的に、大きな肉が必要になる。まあトリミングした肉も叩いて挽肉にして、火を通す料理に使えるけどな……」

ソムリエの金子さんがグラスを磨きながら話に加わる。

「わたしがよく行く焼き肉屋でも、ユッケは高級品ですよ」

「そりゃ、いい店だな。安く出している店は、この過程を省いている可能性があるから、危ない」

ぼくは疑問を口にした。

「じゃあ、なんで、フランスではタルタルステーキが安く食べられるんですか?」

「殺菌方法が違うんだよ。向こうじゃ、放射線照射で殺菌するから、生肉料理も提供できる」

シェフが答える。

「パンに塗る生肉のペーストなんかおいしいですよね。フランスで修業しているとき、よく食べました」

そんなもの食べたことがないし、想像もできない。

「そうそう、生肉なのに三日か四日賞味期限あるんだよな。慣れて平気で食べてたけど」

シェフと志村さんは楽しげに話している。

「ええーっ、それはちょっと……」

難色を示す金子さんに、志村さんが言った。

「しめ鯖《さば》とか、日本でもその日に食べなくても大丈夫でしょう。塩やスパイスで味つけしてあるし、大腸菌やカンピロバクターなどの殺菌ができれば、それと同じだよ」

「言われてみれば、しめ鯖や鯖寿司なんかも、生魚を食べない人にはびっくりするような食べ物ですよね」

たしかに鯖寿司などは、普通のにぎり寿司と違って二日くらい日持ちがする。塩と酢でしめているから、当たり前のような気がしていたが、食べつけない国の人にとっては、これも抵抗のある食べ物だろう。

ビストロで働いているから、少しは勉強しているつもりだが、まだまだ知らないことがある。そもそも食文化というものがそれだけ違いがあって、奥深いものなのかもしれない。日本に生まれたからといって、和食のすべてを知っているわけではない。

シェフはブイヨンを取っている寸胴鍋《ずんどうなべ》の前に移動した。

「しかし、トリミングも正直難しいんだよな。トリミングしてるからって安全ってわけじゃない」

「えっ、どうしてですか？」

グラスを拭く手を止めた金子さんに、志村さんが説明した。

「たとえば、まな板に肉を置いて表面をカットするよね。でも、切った新しい面を、もうそのまな板には置いちゃいけないんだ」

「あっ、なるほど」

汚染された表面が触れたまな板には、すでに菌がいる。そこにまた触れてしまえば、もう清潔とは言えない。

「つまり、まな板と包丁を熱湯消毒しながら、細心の注意を払って肉を切らなければ安全ではない。しかも、トリミングしてすぐに出さなければ細菌はまた繁殖するから、作り置きはできない。そこまでやっている店がどれだけあるか、だな」

「うーん」

シェフのことばに、ぼくは首をひねった。

たとえ、気を遣っていたとしても人のやることにはミスがある。〈パ・マル〉の厨房では肉を切るスペースと、野菜を切ったり、盛りつけをするスペースは、完全に分けてある。生肉に触れたあとは、手をよく洗ってからでないと、ほかのスペースには移動しないという決まりになっている。

忙しい中でも、ミスや取り違えが起きないように細心の注意を払っている。失敗しないことを、個人の注意力だけに担《にな》わせないというシェフの考えだ。というと、なんだかかっこいいが、三舟シェフが、かなりそそっかしいということも理由のひとつである。

「注文があれば作るけど、わざわざ日本で食べるものじゃないと思うね。ローストビーフみたいに表面だけでも火を通せば安全なんだから」

シェフが料理をこんなふうに言うのは珍しい。

「でも、食べたいという人の気持ちはわかりますよ。フグだって、江戸時代どころか縄紋時代から食べられてきたんですから」

志村さんがフォローなのかどうかわからないことを言った。

それだけ、人の美味への追求心は強いものなのかもしれない。

シェフは納得したのか、していないのか、軽く鼻を鳴らした。

†

二度目の電話は、その二週間後だった。午後三時、ランチの客もあと一組が残っているだけで、厨房はディナーの仕込みに入っている時間だった。

電話に出ると、低めの女性の声がした。

「はじめてそちらのお店に行くのですけど、ディナーの予約をお願いできますか？」

「ありがとうございます。日時をお願いします」

彼女は翌週の金曜日を指定した。

金曜の夜は予約が詰まっていることが多いが、昨日キャンセルが出たこともあって、テーブルがひとつ空いていた。

「三名で参ります。福岡《ふくおか》と申します」

時間を聞き、急になにかあったときのために電話番号も聞いて、予約台帳に書き込む。

「それではご来店を心よりお待ち申し上げております」

そう言ったとき、女性はあわてたように言った。

「あの……予約すればタルタルステーキを食べられるということでしたが」

その一言で、ようやく二週間前の人だと気づいた。

「はい、ご予約でございますか？」

「ええ、ふたり分お願いします」

「かしこまりました。シェフにそう伝えておきます」

電話を切ったあと、ぼくは厨房に入った。ホールには金子さんがいるから急にお客様から呼ばれても心配はない。

「シェフ、この前話したタルタルステーキの予約が入りました。ふたり分用意してほしいそうです」

「おう。メニューに載せるんだったら、もうちょっと多めに確保しておいたほうがいいな」

そういえばメニューに載せてくれと言われていたんだった。志村さんが言う。

「もしタルタルで出なければ、翌日ロティにすればいいですしね」

たしかに生肉を使ったメニューは少ないが、火を通すアレンジは翌日でもできる。

タルタルステーキは提供する寸前に、トリミングをして細かく叩くと言っていたから、注文が入らなければ塊肉のままで、利用方法はいくらでもある。

「そうだな」

シェフは食材管理のためのホワイトボードに、フランス語でなにかを書いた。

食材の仕入れと管理は、シェフと志村さんの仕事だから、ぼくの仕事はお客様のリクエストを伝えるだけだ。

ホールに戻ると、ちょうど女性ふたり連れが帰り支度を始めていた。金子さんが支払いを済ませてくれていたので、ぼくは入り口に向かって、クローゼットからコートを取り出した。

「ありがとう。おいしかった」

笑顔でそう言われると、立ちっぱなしのきつい仕事のことも忘れられる。

楽な仕事ではないが、ぼくはこの仕事が好きだと思う。シェフのようにおいしい料理を作ることができる人にも憧れるが、サービスはお客さんのいちばん近くにいられる仕事だから。

†

福岡さんの予約が入っている金曜日がやってきた。

ランチタイムが済むと、シェフは黒板のメニューを書き換えていた。メインは鱸《すずき》のビネガー焼き、鴨のコンフィ、豚一頭分のロティ、そして赤牛のタルタルステーキだ。

もちろん、この黒板のメニュー以外にも、定番のブイヤベースやカスレ、ステーキフリットなどもある。

「タルタルステーキがどれだけ出るかはわからないが、予約のふたり分以外に、五皿分は確保してある。五皿出たらそこで終了だ」

「わかりました」

〈パ・マル〉はテーブルが五つとカウンターだけの店だから、それでも充分だろう。

だが、はじめて提供するメニューは、どれだけの注文があるか読めない。

「まあ、注文があれば作るけど、普段はメニューに載せるつもりはないから」

「手がかかるからですか？」

「いや、そっちはたいした手間じゃない。だが、安全な食べ物だと思って、真似してずさんな作業で出す店が出ても嫌だし、そこまで責任は持てない。日本とフランスじゃ状況は違う。食べたいという客には、安全に提供するし、俺もうまいと思うが、興味のない客にまで薦めたくはない」

シェフはおおざっぱに見えて、ときどきこんなふうに厳しいときがある。人の口に入るものを作っているという矜恃だろうか。

「難しいですね」

「まあな。世間様のことなんか考えず、やりたいようにやるときもあるが、世間様と無関係で生きていけるわけじゃないしな。少しは気になるさ」

シェフはそう言って、黒板をカウンターに立てかけた。

†

予約時間の七時を十分ほど過ぎて、その三人連れは現れた。

五十代くらいだろうか。大島紬を粋に着こなした女性が、ふたりの若い女性を連れている。片方が三十代ほどで、片方が二十代後半のように見えるが、もしかすると同世代で若く見えるか、見えないかだけかもしれない。

母と姉妹にも見えるが、それにしては少しよそよそしい感じがした。

「福岡の名で予約していますが」

年配の女性がそうぼくに告げた。

「お待ちしておりました」

コートを受け取って、金子さんに渡し、席に案内する。奥のテーブル席に座ると、年配の女性が店内を見回した。

「感じのいいお店じゃない。亜子《あこ》さん、どこでお知りになったの？」

「友達が教えてくれたんです」

亜子と呼ばれたのは、若く見えるほうの女性だ。ゆったりしたグレーのワンピースを着て、バレエシューズを履いている。化粧は薄いかほとんどしてないように見えるが、髪をきれいに巻いて、大きめのピアスをつけている。

もうひとりの女性は、白いマニッシュなシャツに黒いパンツ。シンプルなスタイルだが、ハイヒールと赤い口紅をつけているので華やかだ。

職場の同僚とか、親戚という可能性もあるなと思いながら、メニューを渡した。黒板のメニューを持ち出して、説明する。

「ああ、ここはタルタルステーキがあるのね」

着物の女性が目を輝かせる。

「ええ、ある店を探しました」

パンツスタイルの女性が、答える。その低めの声には聞き覚えがある。電話をかけてきた女性だ。ならば、彼女が福岡さんだろう。

この着物の女性が、タルタルステーキを食べたいと思っている人だろうか。

三人がメニューを決める間、テーブルを離れた。ほかのテーブルの空いた皿を下げて、流し台まで持っていく。

志村さんが、なぜか険しい顔で、奥のテーブルを見ていた。

手招きをしてぼくを呼ぶ。

「高築くん、ちょっと」

「なんですか？」

「あの三人組が、タルタルステーキを予約した福岡さん？」

「そうです」

志村さんは、シェフの耳元でなにかを言った。シェフが目をこらして、フロアを見る。

「それは本当か？」

「ええ、たぶんそうです。鞄にマタニティマークがついていました」

「えっ？」

驚いたぼくに、志村さんは言った。

「ほら、あのワンピースを着た巻き髪の女性」

彼女の着ているワンピースは、たしかに妙にゆったりとしている。お腹が目立たない服装を選んでいるのだとすれば、納得できる。

「よく気づいたな。麻美《あさみ》さんのせいか」

シェフのことばに、志村さんは少し照れたように笑った。

「まあ、そのあたり、気が回るようになりました」

志村さんの奥さんである麻美さんは、今妊娠中である。しばらくシャンソン歌手の仕事を休業して、自宅にいると聞いた。

福岡さんのテーブルに目をやる。そろそろメニューが決まったような気配がする。ぼくはオーダー票を手に、テーブルに向かった。

「お決まりでしょうか」

福岡さんが尖った顎に手をやりながら、年配の女性に尋ねた。

「緒方《おがた》先生はどうなさいますか？」

先生と呼ばれた女性はメニューをもう一度じっくり見てから答えた。

「わたしは前菜は、フォアグラと栗のタルトレットにして、メインに赤牛のタルタルステーキを。デセールはフロマージュブランのドーム、フランボワーズ添えで」

亜子さんが尋ねる。

「豚一頭分のロティってなんですか？　丸焼き……じゃないですよね」

「丸焼きではありませんが、豚のロース肉、皮つき三枚肉、豚足、頬肉、尻尾という各部位を少量ずつオーブンで焼いたものです。部位によって、まったく違う豚肉の味わいの豊かさをお楽しみいただけます」

「わあ、おいしそう。じゃあ、わたしはメインはそれで。前菜は、秋茄子ときのこのスープ仕立てにしようかな。デセールは南国のフルーツのタルトで」

最後は福岡さんだ。彼女は少し悪戯っぽく、ぼくを見上げた。

「わたしも、メインは先生と同じタルタルステーキにします。その場合、前菜のお薦めとかありますか?」

尋ねられて、どきりとする。こういうとき、ちゃんとお薦めできなければ、ギャルソンはつとまらない。

「タルタルステーキは、冷たくて赤身でさっぱりしていますから、あたたかいものをお薦めします。こちらのお客様がお選びになったフォアグラと栗のタルトもよく合うと思いますが、あたたかい山羊のチーズを添えたサラダなどもお薦めです。もしくは魚料理から、海老のバスク風ソテーなどをお選びになっても……」

〈パ・マル〉の一皿は、高級フランス料理とくらべて、量が多い。コースで少量ずつ食べるのではなく、二皿で満足できる量である。その分、前菜と魚料理を選んだり、魚料理を前菜として食べて、メインに肉料理を食べたりと、食べる人の好みでコースを選べる。

前菜二種、もしくは前菜と魚料理をふたりか三人でシェアして、メインはひとり一皿ずつ食べるというのも可能だ。

「海老のバスク風と、タルタルステーキの組み合わせはいい感じね。じゃあ、それで」

彼女はデセールに、オレンジとジンジャーのムース・オ・ショコラを選んだ。自分のお薦めを受け入れてもらうとうれしい。

「お飲み物はいかがなさいますか？　ソムリエールを呼びますが」

緒方先生が福岡さんに尋ねた。

「亜子さんは飲まないと思うから、福岡さんどうする？」

「わたしは少しだけ。グラスかそれともハーフボトルにしますか」

このあとは、金子さんの出番だ。ぼくは彼女に三人の選んだ料理を告げた。金子さんは満足そうに頷いた。

「いかにも、ビストロの料理らしい組み合わせね。フルボディの赤かなあ」

ワインの選択は金子さんにまかせて、ぼくはシェフにオーダーを通した。

シェフは慎重に、オーダーを聞いていた。

「じゃあ、あの妊婦さんは、秋茄子ときのこのスープと、豚一頭分のロティか。じゃあ、心配ないかな」

「そうですね」

志村さんもほっとしたような顔になる。

ふたりがなにを心配しているのかはよくわからない。きょとんとしていると、志村さんが説明してくれた。

「妊婦さんに生肉はよくない。表面を焼いたら大腸菌なんかは死滅するけれど、内側にいるトキソプラズマなどは、中までちゃんと火を通さないと死滅しないからね」

シェフが前菜を盛りつけながら、説明を付け足す。

「トキソプラズマはもともと怖い寄生虫でもない。一度かかってしまえば二度とかからないし、症状だってほとんど出ない。ただ、妊娠中にはじめて感染したときだけ、胎盤を通して胎児にうつり、重篤な症状が現れるんだ」

「なるほど……」

「まあ、生肉料理を一回食べたからといって、感染するとは限らないし、もともと成人の一割くらいは抗体を持っているというが、それでも妊婦さんには提供したくないな」

「そうですね」

志村さんも頷いた。

ほかのテーブルの料理ができてくる。ぼくはブイヤベースとカスレを持って、福岡さんたちの隣のテーブルに運んだ。

三人の会話が耳に飛び込んでくる。

「お母様がせっかく歌舞伎に誘ってくださったのに、本当にご迷惑をおかけしました」

「体調を崩したんだから仕方ないわ。大事な時期ですもんね。お腹の赤ちゃんになにかあったら大変」

「ええ、でも百合子《ゆりこ》が行ってくれて、本当によかった」

福岡さんが答える。彼女の下の名前は百合子らしい。

「あら、わたしは平気。見てみたかったし、楽しかったわ」

亜子さんが「お母様」と呼んでいるのは、福岡さんが「緒方先生」と呼んでいる人だ。おや、と思う。

口調は丁寧で母親に対するものとは違うような気がした。

義母だろうか。結婚している可能性が高いし、夫の母親なら、こんなふうに丁寧に話すかもしれない。

姑と嫁、そして姑の教え子という三人連れだろうか。だが、亜子さんと福岡さんは友達のようだ。

金子さんの隣に立った。

「あのテーブルの三人、どういう関係でしょうね」

「着物の人が着付けの先生、若いふたりがそのお弟子さんね。で、妊婦さんは先生の息子さんと結婚している」

ぼくは目を見張った。

「推理ですか？」

「ワインを決めるとき、いろいろ話をしたからね。それでなんとなくわかった」

ちょうど、三人が頼んだ前菜ができあがってきた。

ぼくは皿を持って、三人のテーブルに向かった。

「フォアグラと栗のタルトレットです」

タルトレットとは小さいタルトという意味だ。直径十センチほどのタルト生地を焼き、そこにリンゴと栗、それからフォアグラを重ねて焼いている。

フォアグラと栗とリンゴという三つの甘さがハーモニーを奏《かな》でる、秋の人気メニューのひとつである。

そこに紫キャベツとアンディーブを添えてある。

「おいしそうね。フォアグラは好きだけど、この料理ははじめて」

「秋のみのスペシャリテです」

亜子さんの前に置くのは、秋茄子ときのこのスープ仕立てだ。

皮を剝《む》いてオーブンで焼いた茄子に、ジロール茸《だけ》やマッシュルーム、ポルチーニ茸などを柔らかく煮てピュレ状にし、生クリームと合わせたスープを添えてある。

秋茄子は、フルーツのように甘く、きのこの旨みは濃い。ベジタリアンの人にも人気のあるメニューだ。要望によって、生クリームを使わずに作ることもできる。

福岡さんの頼んだ、海老のバスク風ソテーは、オリーブオイルとにんにくでカリッと焼いた海老に、トマトやパプリカ、そして潰して漉《こ》した海老の殻《から》を混ぜたソースをかけてある。シンプルな一皿だが、素材の味が引き出されていて、毎日でも食べたいくらいおいしい。

緒方先生は、自分の皿のタルトレットを切り分けて、亜子さんと福岡さんの皿の上に置いた。

「おいしいわよ。ちょっと食べてみて」

緒方先生と福岡さんの前には赤ワインのグラスがある。緒方先生のグラスが残り少なくなっていたので、ワインクーラーのワインを注ぐ。モンテスのパープルエンジェル。チリのワインだ。

福岡さんが少しだけと言ったのに、フルボトルがあるということは、緒方先生がワイン好きなのだろう。

亜子さんは、ワインではなく、ペリエを飲んでいる。

三人が前菜を食べ終わったタイミングで皿を下げに行くと、亜子さんが携帯電話でメールかなにかを確認していた。その鞄にはたしかに、妊婦であることを明示するバッジがついていた。

志村さんはたしかにめざとい。

厨房に戻ると、ちょうどシェフがタルタルステーキを作っている最中だった。

熱湯を沸《わ》かして、それで包丁を消毒しながら丁寧に肉をトリミングしていく。合間にまな板を消毒することも忘れない。

たしかにこれは、手の込んだ料理並みに手がかかる。一回り小さくした肉を今度は包丁を使って丁寧に叩く。それに玉葱やピクルス、ケイパー、パプリカなどのみじん切りを混ぜ込んでいく。

ふたつの皿にきれいに盛りつける。オリーブの実のソースと、フルーツトマトのソースで皿にすっとラインを引く。卵黄を上に落として、ガーリックトーストを添えてできあがりだ。

「ほら、タルタルステーキだ」

「豚一頭分のロティももうすぐできます」

志村さんがオーブンから豚肉を出しながら言った。

「じゃあ、そっちはまかせた」

シェフはそう言って、使った包丁やまな板をまた消毒しはじめた。

ぼくは皿を持って、福岡さんたちのテーブルに向かった。

「赤牛のタルタルステーキです」

それを緒方先生と、福岡さんの前に置く。志村さんが豚肉の盛りつけを終えて、こちらに合図するのが見えた。

「おいしそう。ひさしぶりだわ」

緒方先生がナイフとフォークを取る。

戻って、今度は豚一頭分のロティをサーブする。皿をテーブルに置いたときだった。

「亜子さんも食べてみて。ほら」

緒方先生はタルタルステーキを一口分取り分けて、亜子さんの皿に置いた。

あっ、と思う暇もなかった。

「じゃあ、ちょっとだけいただきます」

亜子さんはそれを自分のフォークで口に運ぶ。

キッチンのほうを振り返ると、シェフがじっとこちらを見ていた。

†

「まあ、おまえは悪くないよ。気にするな」

ほとんどのテーブルが空き、残っているのはおしゃべりに夢中になっている二組のカップルだけだ。

なんとなく、陰鬱な顔になっているのを悟られたのだろう。シェフが珍しく優しい声でそう言った。

目の前で行なわれたことだから、亜子さんがタルタルステーキを口に運ぶ前に、一言なにか言えたのではないかと考えてしまう。

「そうですよ。それ以上は個人の自由だし、たとえなにか言えたとしても、言わないほうがいい」

志村さんがそう言うから、たぶんそうなのだろう。

「それに、別に生の牛肉を食べたからって、すぐ感染するわけじゃないんでしょう」

金子さんの質問に、シェフが頷く。

「感染する確率は低いよ。一口だけならなおさらだ」

「それに、本人が気をつけるべきことで、店員が口を出すことじゃないですよね。結局のところ」
「ああ、もし注文があったら確認くらいはするが、どうしても食べたいと言われたら
それ以上はなにも言わずに出すだろうな」
だが、もし、お姑さんから、一口どうぞと言われたら、断りづらいのではないだろ
うか。うまく、助け船が出せたのではないかとも思う。
志村さんが続ける。
「それにもともと抗体を持っていたら関係ないんですよね。麻美はこれまで野良猫の
保護もしているから、子供を作ることを考えたときに抗体検査を受けました。すでに
抗体ができていればその場合は問題ないそうです。うちはそうでした。問題になるの
は、妊娠する半年くらい前以降か、妊娠中に初めて感染した場合です」
つまり亜子さんも抗体を持っているから、気にしていないのかもしれない。
シェフは首をひねった。
「だが、ちょっと気になることがあるんだ」
「気になること？」
「福岡さんという予約をしてきた女性は、タルタルステーキをメニューに載せてほし
いと言ったんだよな。予約しておいて、特別メニューとして出すのではなく、メニュ

ーの中から選びたいと……」

どちらかというと、メニューにないものを特別に作ったというほうが、喜ぶお客さんが多い気がする。

なのに、わざわざ作ってもらいながらメニューにもともとあるように振る舞うのはなぜだろう。

背筋《せすじ》に一瞬、冷たいものが走った。

もし、緒方先生がタルタルステーキが好きで、そして彼女が自分の注文した料理を人に食べさせることがよくあることを知っていたのなら。そして姑と嫁の関係だと、皿にのせられた料理を断るのが難しいことに気づいていたのなら。

福岡さんという人が、もし、亜子さんを嫌っていて、彼女を不幸に突き落としたかったのなら、自分の手を汚さずに彼女を苦しめることができるかもしれない。

問題は感染する確率が、かなり低いということだけだ。

ドアにつけられたベルが鳴る音がした。

ドアを開けて入ってきたのは、亜子さんだった。

「すみません。忘れ物しちゃったみたいで……」

「え、なんですか？」

コートはちゃんと返したし、彼女がいたテーブルも片づけた。なにも忘れ物はなかったはずだ。

「お手洗いに化粧ポーチを忘れてしまいました」

「少々お待ちください」

金子さんが小走りにトイレに向かう。鮮やかな緑のポーチを持って戻ってくる。

「これでしょうか」

「あっ、これです。よかった。見つかって」

亜子さんは、ポーチをバッグにしまった。バッグのベルトにつけられた「お腹に赤ちゃんがいます」のバッジがこちらを向く。

急にシェフが口を開いた。

「福岡さんとは、おつき合いは長いんですか」

彼女は目をぱちぱちとしばたたいた。

「ええ、もう七年くらいでしょうか。いちばん信頼している友達です」

そう思っているのは彼女のほうだけなのか。それとも、ぼくが考えたのはただの妄想で、本当に仲のいい友達なのだろうか。

シェフはそれ以上追及しようとはしなかった。

その一か月くらいあとだった。

†

月曜日の夜、八時を少し過ぎていた。ドアを開けて入ってきたのは福岡さんだった。

「予約していないんですけど」

平日の少し遅めの時間だから、テーブルもカウンターも空いている。

コートを受け取りながら尋ねる。

「テーブル席かカウンターかどちらになさいますか？」

「カウンターがいいな。ちょっとおしゃべりしたい気分だから」

志村さんが微笑む。

「どうぞ、こちらに」

料理を出すピークの時間は過ぎているし、今日はお客さんも多くないから志村さんにも余裕がある。

メニューを渡すと、彼女は熱心に読みはじめた。シェフがデセールを盛りつける手を止めて言う。

「タルタルステーキも作れますよ。牛肉ありますから」

「今日はやめときます。別の料理が食べたいな」

彼女は、あたたかい山羊のチーズを添えたサラダと、ブイヤベースを注文した。デセールは洋梨のスフレを選ぶ。シェフが調理にかかる。

「ワインはいかがですか？」

金子さんが差し出すワインリストを受け取りながら、福岡さんは笑った。

「お薦めはなにかありますか？　あまりたくさん飲めないのでグラスで」

「お好みは？」

「軽いのがいいな。白かスパークリングでもいいし」

「モエ・エ・シャンドンなどもグラスだと手頃ですし、ヴァン・ド・ピクニックなどいかがですか？　かすかな炭酸を感じさせるビオワインです。名前のとおり、ピクニックに持って行けるくらい気軽に飲めるワインですよ」

「じゃあ、それをグラスで」

オーブンでシェーブルチーズを焼いている間に、シェフはハーブサラダを盛りつけた。シンプルだが、ハーブの爽やかな香りが、口の中で繊細な音楽を奏でる。

ドレッシングは、オリーブオイル、レモン汁、そして岩塩だけ。だが、ただかけるのではなく、シェフはハーブのひとつひとつにドレッシングをしっかり馴染ませる。

ドレッシングは、まさに野菜にドレスをまとわせることなのだと気づかされる。皿の上に盛りつけたとき、ドレッシングが皿に広がってしまうようなら多すぎるのだ。サラダにはしっかり馴染んでも、皿にべったりつくことがない。その微妙なバランスが、プロの仕事だ。

サラダを口に運んだ福岡さんは、ぱっと笑顔になった。

「野菜食べなきゃと思って選んだんだけど、サラダってこんなにおいしいのね」

「でしょう。サラダは香りの料理ですよ」

シェーブルをナイフとフォークで切りながら、福岡さんは言った。

「亜子が言ってたの。もしかしたら、〈パ・マル〉のシェフは気づいたかもしれないって」

シェフははっとした顔になった。

「なんのことですか？」

「わたしがなぜ、タルタルステーキをメニューに載せてくれって頼んだか」

「それは亜子さんが妊娠していることに関係ありますか？」

福岡さんは頷く。

「大いに関係あるわ。やっぱり気がついたのね」

「まあ、料理人ですから」

「でも、シェフが心配するような必要はないわ。亜子はもう、トキソプラズマに感染してしまっているの。なにが原因だったかはわからない。調べようもない。彼女は猫も飼っていないし、ガーデニングもしていない。生の肉を好んで食べたわけでもない」

どれもトキソプラズマの感染源だ。

福岡さんはふうっとためいきをついた。

「今、病院に行って、子供に感染させないための治療を受けているけど、それがうまくいくとは限らない。治療を受けないよりは感染する確率は低いし、感染した場合の症状も軽く済むらしいけど」

気づかないよりはずっとよかったはずだ。

「緒方先生はとても厳しい人で、そして保守的な昔気質《かたぎ》の人なの。着付けの先生としてつき合うのなら、悪い人ではないけれどね」

福岡さんがなにを言おうとしているのか、やっと気づいた。

もし、妊娠中に感染症にかかり、子供に後遺症が残ったとき、保守的で昔気質の女性なら、どう考えるだろう。

母親が悪い。母親の責任だと考えるかもしれない。

「もし、あまりよくない結果になったとき、どうやったら彼女への風当たりを弱められるだろうかと思ったの」

緒方先生は、自分の注文した料理を人に分けてあげるのが好きで、そしてタルタルステーキが好きだと言っていた。

彼女が分けてあげたタルタルステーキで、感染したかもしれないと思わせることができる。

もし、治療の効果がうまく出ずに、子供に後遺症が残っても、自分のせいで感染したかもしれないと思えば、緒方先生は亜子さんにつらくは当たらないはずだ。

「先生を騙すことになるけど、亜子にとっては、この先ずっと続く問題だから……」

それは罠のようなものだ。

逃れることが難しい関係で、致命的な亀裂を避けるためにかけられた罠。相手を傷つけるためにかける罠ではない。

「ずるいことだってことはわかっている。でも、生きるためには少しくらいずるくなってもいいと思っているの」

福岡さんははっきりとそう言った。

シェフは彼女の目の前に、ブイヤベースの皿を置いた。

「どうぞ。冷めないうちに」

福岡さんは頷いてスプーンを手にした。

ブイヤベースのスープを一口飲んで、微笑む。

「おいしい。とても優しい味」

シェフはカウンターに手をついて言った。

「タルタルステーキが悪者にならなくて済むことを祈っています。もちろん、人が憎まれるくらいなら、タルタルステーキが憎まれたほうがいいに決まってるけど」

福岡さんは静かに頷いた。

「ランチなら、子供さん連れでも歓迎ですよ。ぜひ、いつか」

「ええ、絶対亜子を誘って食べにくるわ」

ヴィンテージワインと友情

Vin grand cru et amitié

その日はいつもより賑やかだった。

土曜日だから、カウンター席まで予約でいっぱいで、飛び込みのお客さんを何組か断らなくてはならなかった。普段は、ふたり連れを案内することも多い四人掛けのテーブルも、すべて四人連れで埋まっていた。つまり、その日のビストロ・パ・マルは、定員ぎりぎりまで人が入っていたのだ。

当然、厨房もホールも忙しくなる。三舟シェフも、スーシェフの志村さんも汗だくだ。ぼくも料理を運んだり、オーダーを聞いたりとフロア中を始終歩き回っていた。

九時を過ぎて、テーブルもふたつ空き、ようやくフロアを見回す余裕ができた。残りの客もデセールや、食後の飲み物とプチフールを楽しんでいる。

真ん中のテーブルには、二十代のグループが座っていた。女性がふたりと男性がふたり、空気感は大学の同級生か、趣味のグループの友達だ。〈パ・マル〉の客層では、かなり若いほうだ。

年齢的にはぼくと同じくらいか、少し若いくらいか。ぼくも仕事がギャルソンだから、勉強のためプライベートでもほかのレストランに食べに行くことはあるが、同世代の友達と一緒に行くことは少ない。

デートの前の下調べとか、女の子と食べに行ったとき、恥をかかないようにという理由をつけて誘えば、つき合ってくれる友達はいるが、仲間内で食事をするときは、焼き肉や中華料理などが多くなる。女の子を含めて集まったって、せいぜいイタリアンだ。

〈パ・マル〉は決して高級レストランではないが、プリフィックスのディナーとグラスワインを二杯頼めば五千円を超えてしまうだろう。料理をアラカルトにしたり、ボトルでワインを頼めばもっと高くなる。ランチは三千円以内でおさまるコースがあるから、二十代の女性も多いが、やはりディナーとなるとハードルが高くなるようだ。

その四人組は、注文の仕方も慣れていた。決して背伸びをせずに、ワインも手頃なボトルをシェアし、料理もプリフィックスの中からバランスよく選んでいた。

ワインに関して、ソムリエールの金子さんにいろいろ質問していたから、ワインが好きなもの同士なのかもしれない。一時的なブームではなく、ワインを日常的に楽しむ人、その奥深さに惹かれる人は増えている。お客さんの中には、ぼくなどよりくわしい人がたくさんいる。

そんなことを考えていると、四人の中のひとり、ショートカットの女性がぼくに目配《め くば》せをした。もうプチフールを出したから、追加注文はないと思うが、水か飲み物のおかわりか、それとももう帰るのだろうか。

ぼくは彼女に近づいた。色が抜けるように白い。丸く入ったピンクのチークがよく似合っている。

「いかがなされましたか？」

「すみません。こちら、ワインの持ち込みはできますか？」

ワイン好きかもしれないという、ぼくの予感は当たった。

「ええ、あらかじめご予約のときにお申しつけくだされば可能です」

「その場合、抜栓料《ばっせんりょう》はおいくらでしょうか」

抜栓料。ワインの持ち込みをされると、レストラン側は飲み物の注文がなくなり、その分の利益が出ない。それだけでなく、グラスやワインクーラーを用意する手間だけはかかる。だから、ワインの持ち込みのできるレストランは、追加料金を取ることがある。

「一名様につき千円となっています」

高級フレンチなどは、ひとり三千円以上というところもあるから、千円は決して高いわけではない。

持ち込みといっても、いろんなケースがある。一本だけ持ち込んで、あとは店のワインを注文して飲んでくれるようなお客さんや、常連客からは抜栓料をもらわないこともあるが、たまに何本も持ち込んで、グラスもたくさん使うようなお客さんがいる以上、無料というわけにはいかない。

ぼくの返事を聞いて、彼女は残りの三人のほうを向いた。

「千円くらいならいいんじゃないか？」

剝いた茹で卵のようにつるりとした顔をした男性が言う。もうひとりの女性も頷いた。細かいウェーブのかかった長い髪の女性だった。オレンジの口紅に派手なネイルアートをしている。

がっしりした筋肉質の男性が全員の顔を見回して言った。

「次の食事会はここでいいんじゃないか？　料理もおいしいし」

三人が頷いた。筋肉質の男性が、ぼくに言った。

「すみません。二十七日の夜、六名で予約が取れますか」

三週間後の土曜日だ。確認しなければわからないが、たぶん大丈夫だと思う。

「少々お待ちくださいませ。確認してまいります」

レジの近くのクロークで、予約台帳をチェックする。四名テーブルと二名テーブルが空いているから、六人の席を取ることはできる。

急いでテーブルに戻る。

「二十七日のディナー、六名様でお受けできます。何時になさいますか？」

「ああ、七時十五分からでお願い」

「ご予約のお名前は、粟島《あわしま》様でよろしいでしょうか」

今日の予約はその名前で入っている。

「ああ、それで大丈夫」

筋肉質の男性がそう答えたところを見ると、彼が粟島さんだろう。

「ありがとうございます。もし、冷やした状態でお飲みになりたいワインがありましたら、前日か当日昼にお預かりすることもできます」

「それはまた改めて相談するよ」

あまり何日も前から預かるわけにはいかないが、シャンパンなどはアペリティフとして飲みたいだろうし、冷えているほうがいいはずだ。

こうやって、来店時に次の予約をいただけるのはうれしいことだ。

今日のディナーが気に入ってもらえなければ、すぐに予約などしてもらえないだろう。

四人が帰ったあと、ぼくは厨房を覗いて、シェフに声をかけた。

「今お帰りになった粟島さんたち、また予約いただけましたよ」

明日の仕込みをしているのか、シェフは寸胴鍋をレードルで搔き回して、あくを取っている。

「さっきの若い四人組？」

志村さんがそう尋ねる。

「そうです。ワインの持ち込みもされるそうです」

「えー、持ち込み？」

金子さんは少し不服そうだ。たしかに、三舟シェフの料理に合うように、店のワインリストを充実させているのだから、ソムリエールとしては店のワインを飲んでもらいたいのだろう。

「まあ、それだけワインが普及してきたってことだもんね」

自分を納得させるようにそう言っている。

残っていたお客さんも少しずつ帰っていく。空いたテーブルのキャンドルを片づけたり、テーブルクロスを替えたりと、少しずつ閉店準備を進めていく。明日も予約で満席だから仕事はいくらでもある。

一緒にテーブルクロスを替えていた金子さんが小さな声で言った。

「でも、この前、プライベートで行ったレストランで、ワイン持ち込みしてた人たちいたけど、あんまりいい感じじゃなかったんだよね。高級なワインを何本も持ち込んでたんだけど、大声で『これはレストランで頼んだらいくらする』とか何度も言うの。思い出のワインを飲みたいとか、大切にしているボトルを記念日に開けたいとか、そういう理由ならばワインの持ち込みも歓迎だけど……」

「ああ、それは……」

正直言って、うれしい客ではない。まわりに聞こえるような声で、値段のことを言われると、注文して飲んでいるほかのお客さんが不快になる。そういう客ばかりになると、ワインの持ち込み自体を断らなくてはならない。

あくまでも、思い入れのあるワインを楽しんでほしいという理由で持ち込みを受け入れているだけで、食事代を安く済ませるためのテクニックとして考えられては困る。

「でも、うちの店では、そういうトラブルはないですよね」

もともとワインの持ち込み自体、それほど多いケースではないし、普段、よく来店してくださる常連さんが、たまに持ち込みをするくらいだ。

「まあね。でも、うちにも同じようなお客さんがこないとは限らないし」

ワインの持ち込みと関係なく、大声で騒ぐ客はいる。関係あるとしたら、ボトルを持ち込むと、ワイン代というブレーキがない分、飲みすぎてしまうことだろう。

その場合、どう対処すべきかもいつも悩む問題だ。その人たちは楽しく騒いでいるだけでも、静かに食事をしたいお客さんたちにとっては迷惑なこともある。

格式張ったグランド・メゾンではなく、ビストロだから多少ざわついているくらいは活気のうちだと思うが、眉をひそめたくなるようなグループもある。

だが、どの程度で、静かにするようにお願いをすべきかというのも難しいのだ。言いにくいからと、黙認していると、まわりのお客さんたちの迷惑になる。居酒屋にきたわけではないのだから、心地よい雰囲気の中で食事をしたいと思うのは、普通の感情だ。

だが、たまに、少し賑やかなだけのグループにさえ、「うるさいから静かにしてほしい」と言うお客さんもいる。

この場合、離れたテーブルが空いていれば移動してもらうという方法も使えるが、空いてない場合に困る。

言われたからには、それを伝えて静かにしてもらわなくてはならないが、ぼくから見て、クレームを言ったお客さんのほうが神経質すぎると感じることもある。

実際のところ、料理を運ぶことよりも、こういう小さなトラブルを処理することこそが、いちばん気を遣うし、重要な仕事なのではないかと感じるのだ。

どちら側にも楽しんでもらえるのが一番だが、すべてがうまく収まるケースではない。志村さんはともかく、三舟シェフは思ったことをはっきり言う人だから、事を荒立てずに収めることが苦手だ。

この店で働きはじめたときは、ただぶっきらぼうなだけの人かと思ったが、そうではなく、シェフなりに気を遣っていることはわかっている。だが、それが普通の人の常識とは少しずれているだけだ。

「でも、今日のお客さんたちはそんなに羽目を外しそうな感じじゃなかったですよ」

年齢は若いが、今日は静かに食事を楽しんでいた。

金子さんは少し考えてから答えた。

「そうね。あらかじめ持ち込みの話をしてくれるのも感じよかったし」

いきなり、持ってくるお客さんもいるし、そういう場合はあわててセラーの場所を空けなければならない。

そう言いながら、金子さんはどこかすっきりしないような顔をしている。やはりソムリエールとしては寂しいのだろうか。そう思いながら、ぼくは替えたテーブルクロスをバックヤードに運んだ。

†

三週間後の土曜日、ランチタイムが終わって準備中の札を出そうとしたとき、店のドアが開いた。

断ろうと振り返ると、華奢な女性がそこに立っていた。品のいいクリーム色のワンピースときれいに巻かれた髪、まだ二十代くらいに見える。

彼女の手には、六本入りのワインバッグがあった。

「すみません。今日、栗島さんの名前で予約しているんですけど、持ち込みのワイン、持ってきました」

それで、思い出した。あの若いグループの予約は今日だった。

「お預かりします。これ全部ですか？」

「ええ、今日は友達の誕生祝いなので、張り切って持ってきてしまいました」

そう言って、曇りのない笑顔で微笑む。

金子さんは裏で用事をしているのか、姿が見えない。

「なにかご要望はありますか？」

「シャンパーニュがあるので、食事前にすぐに乾杯できるように冷やしておいてください」

受け取ると、ずっしりと重い。フルボトルのワインなど、一本でも軽いと言えないのに、大変だっただろう。

「重かったでしょう」

「ええ、でも車なので大丈夫です」

ちょうど奥から、金子さんが出てきた。彼女に目で合図して、持ち込みのお客様であることを知らせる。

「お預かりします。六本ですね」

「ええ、シャンパーニュが二本、赤と白が二本ずつです」

バッグから出してワインの銘柄を確認していた金子さんの目が大きく見開かれた。すぐに笑顔に戻る。

「では大切にお預かりしておきますね」

「よろしくお願いしますね」

彼女は軽く会釈をすると、ドアを開けて出ていった。

後ろで金子さんが小さくつぶやくのが聞こえた。

「驚いた……」

「どうしました？」

金子さんは、一本の黒いボトルを指さした。

「クリュッグのクロ・デュ・メニルのヴィンテージ、極上とは言わないけど、決して悪い年じゃない」

志村さんが驚いたように振り返る。

「そりゃあ、豪勢だな」

「高級ワインなんですか？」

「まあ、うちで入荷するようなシャンパーニュじゃないわね。グランド・メゾンのフレンチならともかく」

金子さんのことばに志村さんが頷いた。

「レストランで飲んだら、二十万はするんじゃないか」

あまりのことに息を呑む。

「他のもそんな高級ワインなんですか？」

「他のはそこまでではないけど……でも、どれもうちでは置かないレベルのワインだわ」

〈パ・マル〉のワインリストにも、高級ワインは何本か載せてある。だが、いちばん高いものでも五万円台だろう。つまり、それよりも高価なワインばかりだということだ。

〈パ・マル〉では、高級ワインの利益率を低く抑えている。二千円のボトルに四千円の値段をつけることはあるが、二万円のワインが四万円になることはない。もともと仕入れ値が高いワインの場合は、一割ほどを上乗せするだけだ。

もちろん、ワインの価格設定はレストランによって違うし、高級クラブなどでは、十万円のワインが三十万、四十万という値段で提供されることだってある。

しかし、そんな高価なワインを六本も持ち込むとは、よほどのワイン好きで、しかも裕福な人なのだろう。少し羨ましいと感じてしまう。

ぼくなど、二十万円のワインどころか、五千円のワインでも躊躇してしまう。

顔を上げると、シェフが腕組みをして、こちらをじっと見ている。眉間に力が入って、怖い顔になっている。

「どうかしましたか？」

「いや、なんでもない」

シェフはぷいと背を向けると、厨房の奥に入っていった。声だけが返ってくる。

「今日の賄い、チキンのカレー作ったぞ。それでいいだろ」

高級ワインから、いきなり話が庶民的になった。

とはいえ、シェフのチキンカレーは絶品である。ぼくはいそいそとタブリエを外して、バックヤードに向かった。

†

栗島さんたちのグループが来店したのは、七時を少し過ぎたところだった。最初に、このあいだも来店した四人が店にやってきて、少し遅れて、もうひとり、女性が現れた。

背が高く、長い髪をアップにしていて、首が長い。

まだきていないのは、昼間ワインを持ってきた女性だ。

「嗣麻子《しまこ》はまだ？」

背の高い女性がそう尋ねた。

「まだだよ」

そう答えたのは、粟島さんだ。色白のショートカットの女性が言う。

「さっさと済ませよう。彼女が早くきちゃうかもしれないから」

ウェーブのかかった髪の女性が、テーブルに肘をつく。

「そそ、この前は十分くらい早くきて、危なかったよね」

メニューを持っていこうとすると、卵形の顔をした男性がぼくを制した。

「もうひとりが遅れてるから、彼女がきてからメニューを持ってきてくれ」

「かしこまりました」

とりあえず、おしぼりだけでも持っていこうとすると「それもあとでいいから」と言われる。

まるで追い払われているようだ。大事な話でもするのかもしれない。

ちょうど、別のテーブルの料理ができあがったから、ぼくは彼らから目を離して、料理をサーブすることにした。

戻ってくるとき、粟島さんが自分の財布からお金を出して、配っているのが見えた。

食事会の会費を集める姿はよく見るが、誰かひとりが、みんなに渡している姿は珍しいから、少し引っかかった。

まあ、気にするほどのことではない。借りたものを返しているだけかもしれない。

次に通ったとき、あとからやってきた背の高い女性がこう言うのが聞こえた。

「わたし、あの子と一緒にいると疲れる。もう次からあの子抜きでやろうよ」

胸がざわっとした。この状況で「あの子」と呼ばれているのは、昼間ワインを持ってきた女性のことかもしれない。嗣麻子さんというのも、たぶん彼女だ。

「まあ、わたしたちだけじゃ頼めないワインが飲めるんだから、いいじゃない」

そう言ったのは髪にウェーブがかかった華やかな女性だ。

「美礼《みれい》の言うとおり、食事会のときだけつき合えばいいんだから、我慢すればいいじゃない。遙香《はるか》はそういうとこあるよね。こないだも、嗣麻子にズケズケ言って、気が気じゃなかったよ」

色白の女性が言う。遙香と呼ばれた背の高い女性は肩をすくめた。

「あれでもまだ抑えてたつもりだけど」

「まあお姫様の相手は疲れるよな。もし、遙香が嫌なら次から参加するのやめれば？」

卵形の顔をした男性のことばを粟島さんが制した。

「おい、浩平《こうへい》、それは遙香が可哀相だろ」

遙香さんは肩をすくめた。

「可哀相じゃないわ。浩平の言うとおり、そうさせてもらう」

和やかとは言えない空気だ。

遥香さんが嗣麻子さんのことを嫌いだということはわかった。それだけではなく、このグループで嗣麻子さんが、みんなから好かれてはいないようにも思える。

ドアが開く音がした。

「いらっしゃいませ」

視線を入り口に向けると、そこには昼間ワインを持ってきた女性が立っていた。色白の女性が小さく咳払いをした。

「あれ？　みんな早かったのね」

彼女は少し驚いたようにテーブルのそばで足を止めた。

「いや、今着いたところだよ」

美礼と呼ばれた華やかな女性が少し焦ったように答える。彼女は自分の隣の椅子を手で差した。

「ほら、座りなよ。すみません、メニュー持ってきてください」

後半はぼくに向けられたことばだ。

「はい、ただいま」

人数分のメニューを抱えて、テーブルに向かう。

メニューを渡すと、嗣麻子さんは柔らかく微笑んで、メニューを受け取った。

「どうもありがとう。それとシャンパーニュを用意していただけますか？　乾杯したいので」

「かしこまりました」

上品で、物腰も柔らかく、店員に対しても丁寧だ。

だが、それでも彼女がなぜ好かれていないか、ぼくにはわかる。それがわかってしまうことが嫌だった。

金子さんが、ワインクーラーをのせたワゴンを六人のテーブルのそばに運んだ。そこに入っているのは、ぼくが一生自分で買って飲むことのないワインだ。

彼女はお客様だから、そのことに嫉妬も劣等感も感じない。だが、それが友達だったらどうだろう。

細いフルートグラスに金子さんがシャンパンを注いでいく。

「じゃあ、幸代《ゆきよ》、お誕生日おめでとう」

自然と、嗣麻子さんがそう音頭をとって、乾杯になる。色白の女性が幸代さんという名前のようだ。

幸代さんは少し複雑そうな笑みを浮かべた。

メニューを見ていた浩平さんが言った。

「せっかくだから、今日はコースよりアラカルトにしないか、いろんなものを食べてみたいし」

彼の提案に嗣麻子さん以外の人は頷いた。嗣麻子さんは少し困ったように微笑みながら、それでもなにも言わない。

定番のメニューから、山羊のチーズのサラダや、蟹《かに》のガレット、フォアグラのテリーヌ、パテ・ド・カンパーニュなどが選び出されていく。どうやら、このテーブルは料理をみんなでシェアするつもりらしい。

フレンチには基本、シェアの習慣はない。ふたりで一皿を頼んだ場合は、半分ずつ別の皿に盛りつけて出す。だが、ここは日本で、〈パ・マル〉は気取らないビストロだから、別にかまわない。言われれば、取り分け用の皿も出す。

嗣麻子さんが、メニューを見て言った。

「わたし、ロニョン・ド・ヴォー食べてみたいな」

すかさず、粟島さんが尋ねる。

「なに、それ」

「仔牛の腎臓です。内臓だから少しくせはありますが、新鮮なものが入りましたので、お好きならばぜひ。ハシバミバターのソースと合わせてあります」

ぼくが説明すると、粟島さんが手を振った。

「俺、内臓はどうもなあ……」

嗣麻子さんは一度、口を閉ざしてから言った。

「そう？　じゃあ別のにするわ」

少し嫌な感じがした。なにもすべてをシェアする必要はない。誰かが食べたいというのなら、わざわざそんなことを言わなくてもいい。

メインは、二名以上からの注文になる鴨のアピシウス風を中心に、ブイヤベースや豚一頭分のロティ、真鯛のポワレ、フォアグラとトリュフをのせた仔牛肉などが選ばれた。

ふたりで三皿の料理をシェアするのなら、それぞれ盛りつけることができるが、六人で前菜、メイン合わせて十二皿では、テーブルがいっぱいになってしまうし、盛りつけの手間もかかる。それぞれ、取り分けてもらうしかないだろう。

美礼さんのシャンパングラスはすでに空《から》になっている。ぼくはワインクーラーからボトルを取って、美礼さんのグラスに注いだ。ほかの人たちのグラスも、半分以上減っている。遥香さんのグラスだけが、まだほとんど残っていた。

　これが、その二十万近くするというシャンパンなのかどうかはわからないが、このペースで飲んでいくと、六人でフルボトル六本などすぐになくなってしまうかもしれない。

　厨房に行ってオーダーを通す。シェフが少し妙な顔をした。

「これ、みんなでシェアするのか？」

「ええ、そのようです」

「ふたりか三人ならともかく、六人で前菜、メイン、各五、六種類じゃ、料理の印象も薄れるし、もったいないな」

　特にフレンチは、一皿をひとりで食べきるように考えて作られている。分けることを前提とした中華料理とは違う。豚一頭分のロティなど、まさにそういうもので、豚のいろんな部位、ロース肉、豚足、尻尾、耳などを一皿で味わえるように盛りつけたメイン料理だ。シェアすると、それぞれひとつの部位しか食べられないし、各部位を六つに分けるのは難しい。

「まあ、どんな食べ方をしようと、勝手ではあるんだけどな」

　そう言いながら料理にかかる。

しばらくして、金子さんが戻ってきた。手に持っているのはグリーンのシャンパンボトルだ。どうやらすでに一本空いたらしい。

金子さんはソムリエナイフを使って、丁寧にエチケットと呼ばれるラベルを剝がした。

「ペース早いですね」

そう言うと、金子さんは軽く肩をすくめた。

「持ち込みのワインだとどうしても、ね」

それから名残惜《なごり》しそうに、ボトルの匂いを嗅ぐ。

「ああ、いつかこの美姫《びき》に巡り合えることはあるのかしら」

†

彼らの飲み方は前回、食事にきたときと全然違った。

持ち込みの場合、どのお客さんもペースが早くなる傾向はある。グラス一杯、ボトル一本頼むたびに、代金が加算される店のワインとは違い、持ち込んだ分はいくら飲んでも食事代は変わらない。自然と自制心のたがは緩む。

特に、今回は嗣麻子さんが持ち込んだワインを、みんなで飲むような形になっている。ワイン代を誰が払うのかはわからないが、さっきの会話を聞く限り、嗣麻子さんのような気がする。彼女の家がお金持ちなのか、それともよっぽどのワインマニアなのか。

お酒が過ぎると、話し声も大きくなる。シェアをするために皿を回すから、常に皿があちこち行き来している。

隣のテーブルの五十代ほどの夫婦が、眉をひそめているのがわかった。自分のせいだとは思わないが、申し訳ない気持ちになる。

彼らはデセールまでもシェアするようだった。六皿のデセールを分けても、味が混じってしまって記憶には残らないような気がする。

食事が終わる頃には、ワインはほとんど空になっていた。

酔いが回っているのか、まわりのお客さんがほとんど帰っても、六人は話し続けていた。

遙香さんが目でぼくに合図したから、あわてて近づく。

「すみません。お手洗いはどちらですか？」

「こちらです」

先に立って案内する。店の奥に行くと、遙香さんは小さな声で言った。

「ごめんなさいね。うるさくしちゃって」

「いえ、お気になさらず」

遙香さんだけが、あまり飲んでいないようだった。だから自分たちのテーブルが羽目を外していることに気づいていたのだろう。

いきなり、袖をつかまれた。驚いて足を止めると、遙香さんは小さな声で言った。

「山下《やました》嗣麻子、わかる？　あの巻き髪の女の子。ワインを昼間持ってきた子」

「えっ、ええ」

「彼女、ここの料理が気に入ったって言ってたから、また近いうちにくるかもしれない」

「ありがとうございます。シェフに伝えておきます」

「彼女が今度きたら、ここの抜栓料を教えてあげて。今じゃなくて、今度ね」

なにを言われたのかわからず、呆然としているぼくから手を離し、彼女はお手洗いへと消えていった。

栗島さんが立ち上がって、ぼくに近づいてくる。手には財布を持っている。

「いかがなさいましたか」

「お勘定、頼むよ」

「席まですぐお持ちしますので、お待ちください」

「いや、いい。ここで待つから早くしてくれ」

戸惑いながら、ぼくは手書きの伝票を計算して、代金を出した。支払いはクレジットカードだった。

支払いを済ませると、彼は席に戻っていった。どうやら、支払ったあと全員から代金を集めるつもりらしい。

なぜか気にかかって、横目で見る。幸代さんは誕生日だから、今日は支払いなし、残りの五人で割り勘ということになっているらしい。

金子さんが小さな声でつぶやいた。

「山下さんにも払わせるのね」

「えっ？」

たしかに彼女が持ってきたワインの価格を考えると、彼女は料理の代金を払わなくてもいいはずだ。

「もしかしたら、ワインも割り勘かもしれないですよ」

「さっき、言ってたわ。彼女のお家《うち》のワインセラーにあったものを持ってきたんですって」

だとしたら、かなりのお金持ちだ。

「彼女自身が買ったわけではないから、そういうところまで気が回らないのかもしれないですね」

見た感じは二十代前半だ。気がつかなくても仕方ないと思う。どうやら金子さんの意見は違うようだが。

「社会人でしょ。充分そのくらいの気遣いはできるわよ」

「彼女が望まないのかもしれませんよ」

「まあ、それはありえるけど、それにしたって」

金子さんが言うこともわかるが、ぼくたちが口を出すようなことではない。もちろん、金子さんだって、わざわざ抗議するわけではなく、ただ少し気になっただけなのだろう。

やがて、六人は店を出ていく。コートをそれぞれに渡して、入り口のドアまでお見送りをした。

「どうする？　このあと、ワインバーに行こうよ」

酔いがまわっているのか、美礼さんが浩平さんの肩にもたれながらそう言った。

「おまえ、もう酔ってるだろ」

「ええー、酔ってないもん」

楽しげに駅のほうに歩いていく六人を見送りながら、ぼくは小さく息を吐いた。

さっきの遙香さんのことばは、シェフに話しておいたほうがいいかもしれない。

†

彼らがどんな関係を築いているのかは、たった一夜の食事会を見ただけではわからないし、たとえ、それが歪《いびつ》なものであっても、無関係な人間が口を出すことではない。

だが、この夜のなんとも言えない居心地の悪さは、妙にあとを引き、家に帰ってからも、なかなか眠ることができなかった。

もし、自分の友達で、高級ワインを「自宅にあるから」と気軽に持ってきてくれる人がいたら、自分はそれに甘えずにいられるだろうか。それが当たり前だと感じてしまいはしないだろうか。

なにより、嗣麻子さんはどう考えているのだろう。

†

その翌週のことだった。

オーダーストップの寸前に、店のドアが開いた。常連客は予約なしでも席が空いているこの時間に、ふらりとくることが多い。

「いらっしゃいませ」

声をかけながら入り口に向かうと、そこには嗣麻子さんが立っていた。

「こんばんは。ひとりだし、予約してないんですけど、大丈夫ですか？」

「どうぞ。テーブル席でも、カウンターでもどちらでも」

「じゃあ、カウンターで」

カウンターに座った嗣麻子さんに、志村さんが話しかけた。

「いらっしゃいませ。先週もお越しでしたよね」

「ええ、友達の誕生会だったんです」

彼女はメニューを受け取って開いた。

「でも、その分、なんだかざわざわしてて、お料理が落ち着いていただけなくて……。この前、ソムリエールの方が『おひとりの方も多いですよ』とおっしゃったので、今日思い切って、きてみました」

メニューを見ると、彼女は少し残念そうな声をあげた。

「ああ、今日はロニョン・ド・ヴォーはないんですね。ちょっと食べてみたかったのに」

「新鮮なものが入ったときにだけ、メニューに載せているんですよ。あらかじめ言っていただければよいものを探しておきます」

「じゃあ、次にきたときの楽しみにしておきます」

物腰も話し方も、大切に育てられたお嬢さんという感じだ。

彼女が注文したのは、スモークサーモンとグレープフルーツのサラダとブーダン・ノワールのタルト仕立てだった。デセールはチョコレートスフレを選ぶ。飲み物はモエ・エ・シャンドンをグラスで、だ。

「チョコレートスフレはこの前食べたとき、とてもおいしくて、でも一口だったので残念だったんです」

六人でシェアすれば、当然そうなってしまうだろう。

シェフがスモークサーモンとグレープフルーツのサラダをカウンターに置いた。ぼくはそれを受け取って、嗣麻子さんにサーブした。

ハーブのサラダの上に、花のようにスモークサーモンとピンクグレープフルーツが盛りつけられていて、ローズペッパーが散らされている。ピンクのグラデーションが美しく、テーブルに置いたときに歓声のあがる一皿だ。

「きれい！」

嗣麻子さんも目を見開いた。普段はジャージばかり着ているシェフのどこに、こんな美的感覚があるのか、ぼくも不思議に思う。

ナイフとフォークで、スモークサーモンとグレープフルーツを切って重ね、一緒に口に運ぶ。

「おいしい。このスモークサーモン、今まで食べた中でいちばんおいしいかも」

肉厚なスモークサーモンは、脂がのっていて舌の上でとろける。そこにグレープフルーツが爽やかさを添えている。

アントレの次は、メインであるブーダン・ノワールのタルト仕立てだ。

ブーダン・ノワールと、フォアグラ、そしてトカイワインでコンポートにしたリンゴ。それを重ねてタルト仕立てにした一品だ。

血のソーセージ、ブーダン・ノワールとフォアグラの、複雑で濃厚な味わいが口の中に広がる。大人っぽい一皿で、好きな人にはたまらないはずだ。

「おいしい！　これは赤ワインが欲しくなるわね」

彼女は金子さんと相談して、ボルドーの赤を選んだ。今度もグラスで一杯。ワインは好きだが、それほどたくさん飲むほうではないのだろう。

メインを食べ終わるタイミングに合わせて、シェフはチョコレートスフレを焼き上げて、オーブンから出した。フランボワーズのソースを添えたそれを、彼女の席に運んだ。

小さなココットに入ったスフレを、彼女はとろけそうな顔で口に運んだ。

食後のエスプレッソを飲みながら、彼女は言った。

「この前は少しうるさくしてごめんなさい。ワインをみんな飲みすぎてしまったみたい」

志村さんが笑顔で答える。

「いえ、賑やかで楽しそうに見えましたよ。いいお友達ですね」

志村さんはこういう会話がうまい。うるさくなかったといえば、嘘になる。

彼女はきゅっと唇を閉じた。なにか考え込んでいるように見える。

「どうかなさいましたか?」

志村さんの質問に彼女は首を横に振った。眉尻を下げながら笑う。

「わたし、人づき合いが苦手なんです。なんかどうしても嫌われてしまうみたい」

かすかに胸の奥がざわついた。ぼくも、嗣麻子さんみたいな人が友達ならうまくつき合えるだろうかと、つい考えてしまっていた。

「そうですか？　そんなふうには思えませんが」

志村さんは少し微笑んで、そう言った。

「ありがとう。そう言ってくれる人もいるけど、やっぱり、わたしには難しく感じます。わたし、できるだけ人に喜んでもらいたいんです。友達の喜ぶ顔が見たいんです。でも、それがよくないって言う人もいて……」

「ワインのことですか？」

そう言ったのは、三舟シェフだ。嗣麻子さんはきょとんと彼を見上げた。

「うちのシェフの三舟です」

志村さんがそう説明する。

「そう……そうですね。ワインのこともそうです」

ならば、ほかにも似たようなことがあるのかもしれない。

シェフははっきりと言った。

「嫌な人もいるかもしれませんね。もちろん気にしない人もいるでしょうが。それはその人が、どういう人で、あなたとどういうおつき合いをしたいかによって変わるでしょう。絶対に正しい答えはないと思います」

彼女はシェフをきっと見据えた。

「でも、人に喜んでもらいたいという気持ちは悪いことですか？」

「相手の気持ちを考えずに行なったのなら、いくらでも悪いことになりますし、それが原因で嫌われてしまうこともたくさんありますよ」

嗣麻子さんはぐっと口を閉ざした。強いまなざしでシェフを見上げる。

「でも、他の人は喜んでくれるのに、遙香さんだけ……」

そう言いかけて、はっとしたような顔になった。

やはり、嗣麻子さんが、嫌われていると感じてるのは、遙香さんだったようだ。

「みんな喜んでくれているのに、ひとりだけ『ああいうのはよくないから、やめたほうがいい』って言われるんです。もしかしたら、わたしに嫉妬してるのかも」

「そう考えるのはあなたの自由だし、わたしもその女性のことを知っているわけではありません。でも、あなたは、自分のワインだけが目当ての友達とつき合っていて、満足なんですか？」

嗣麻子さんの顔色が変わった。

「ワインだけが目当てってどういうことですか？　知らないのに、わたしの友達を侮辱しないでください」

「そうですね。わたしはよく知らない。でも、気づいたことがあります。お客様は、うちの抜栓料がいくらだと言われましたか？」

「……ひとり六千円だと聞きました。安くはないけど、中にはワインと同じ値段を払わなければならないレストランもありますから」

志村さんと金子さんの表情も強《こわ》ばる。シェフが納得したように頷いた。

「うちの抜栓料は、ひとり千円ですよ」

嗣麻子さんは、小さく口を開けた。驚いて声が出ないようだ。

「嘘……」

「抜栓料だけじゃないかもしれない。あえてプリフィックスではなく、アラカルトを頼み、合計金額が簡単にわからないようにする。料理をシェアして、割り勘にしなければならないようにする」

だとすれば理由はひとつ。嗣麻子さんに余分にお金を払わせるためだ。

「邪推だわ。抜栓料は間違ったのかもしれないし」

「そう考えるのもあなたの自由です」

彼女が五千円多く払っても、みんなの抜栓料が浮くだけだ。だから軽い気持ちだったのかもしれない。だが、大事な友達だと思っているなら、そんなことをするはずもない。

「それに、あの日、予約は七時十五分から入ってました。あなたには七時半と伝えてたんでしょう。あなたがいらっしゃる前に、男性の方が先にお金をそれぞれに渡していた」

嗣麻子さんははっとした顔になった。

そう。幹事役があらかじめ、みんなにいくらかを渡しておく。そうすれば、全員からお金を徴収するとき、同じ金額を集めても、嗣麻子さんに多く払わせることができる。

嗣麻子さんなら、時間に遅れるようなことはないだろうし、もし遅れたとしても真っ先に謝るだろう。あの日、彼女は「みんな早かったのね」と言った。彼女にだけ、違う時間が告げられていたのだ。

「いつも、少し早めにきても、みんなが先にきてました。不思議に思わないわけじゃなかったけど……」

ぼくは口を開いた。

「遙香さんは、ぼくに言いました。もし、今度嗣麻子さんが店にくることがあったら、抜栓料を教えてあげてほしい、と」

遙香さんは嗣麻子さん抜きで食事会がしたいと言っていた。だが、それは嗣麻子さんが嫌いだったというよりも、こんな食事会をやめさせたいという気持ちだったのかもしれない。本当のところはぼくにはわからないかもしれないけれど。

嗣麻子さんの顔が強ばった。唇が震える。

「どうして……？　みんなに喜んでほしかっただけなのに……」

彼女にとっては感謝されこそすれ、こんな扱いを受けることになるとは、想像もしなかったのだろう。

シェフは彼女の前に、デュラレックスのグラスを置いた。中には、シェフ特製のヴァン・ショーが入っていた。

「人に喜んでもらうのは、難しいことだと思います。でも、それよりも友達は互いを尊重し合うことが大事だと思いますよ。その上で一緒にいて楽しいともっといい」

彼女は震える手で、グラスを引き寄せた。

「少なくとも、ひとりの人はあなたがこんな扱いを受けることをよしとしなかった。あなたは友達全員に粗雑に扱われていたのではないと思います」

もしかすると、好きとか嫌いよりも、それは大事なことなのかもしれない。

解　説

若林　踏

「日常の謎」あるいは「お仕事ミステリ」は、作家にとって厄介なジャンルではないか、と思っている。

この二つのジャンルについて簡単に整理しておこう。「日常の謎」とは、閉鎖空間での殺人といった犯罪の謎ではなく、日常の身近な所で発生する謎を解くことを主眼としたミステリのサブジャンルだ。読者が暮らす生活空間と同じ視点に立ちながら、謎と論理のアクロバットを提供する点が「日常の謎」小説の魅力である。謎解きに社会システムの矛盾や問題を盛り込んだ、いわゆる「社会派推理小説」とは別の方法で、読者にとってのリアルな物語を構築し、謎解きの楽しさを広めたことが「日常の謎」ジャンルの功績だろう。

さらに、その「日常の謎」にキャラクター小説の要素や情報小説の要素を加えたのが、犯罪が起きない（あるいは起きても軽微なものの）タイプの「お仕事ミステリ」

だと考えている。日常生活を舞台にしながら、職業における専門的な知識や、それに根差す探偵役の独自な視点をフックとし、読者を惹きつける「お仕事ミステリ」は、まさに「日常の謎」の延長線上にあるジャンルだと捉えるべきだろう。

こうした「日常の謎」「お仕事ミステリ」は現在では一大ジャンルを形成し、そのフォーマットに則った多くのミステリシリーズが世に出ている状況である。しかし、謎解きを身近なものにした「日常の謎」「お仕事ミステリ」は、諸刃の剣でもある。というのも、読者に近い日常を舞台にするということは、その作家が日常生活においてどのような倫理観や価値観を持ち、現実世界を眺めているのかが如実に表れるということでもある。万が一、そこに書かれている価値観がアップデートされたものでなければ、それは現代を生きる読者にとって、リアルな謎の物語ではなくなってしまう恐れがある。「日常の謎」や「お仕事ミステリ」は実のところ「社会派推理小説」以上に、社会の規範や倫理の変化に対する鋭敏な感覚が求められるジャンルではないだろうか。

なぜ、このようなジャンル論を述べたのかといえば、〈ビストロ・パ・マル〉シリーズの第三作品集である本書『マカロンはマカロン』こそ、価値観の変化に対し作家はいかなるアンサーを出すべきか、という手本を示した「日常の謎」小説にして「お仕事ミステリ」であるからだ。

〈ビストロ・パ・マル〉シリーズをご存じない方のために説明しておこう。本シリーズはフランス料理店ビストロ・パ・マルを舞台にした連作小説である。ビストロ・パ・マルは下町の商店街にある小さな店で、従業員はわずか四人。ギャルソンの「ぼく」こと高築智行、スーシェフの志村洋二、ソムリエの金子ゆき、そして店長にして料理長の三舟忍である。三舟は長めの髪を後ろで結び、無精髭を生やした素浪人を思わせる無口な男だ。しかし料理の腕は確かであり、ビストロ・パ・マルで振舞う家庭料理風の気取らないフレンチの数々は、多くの客の舌を満足させている。そして三舟には料理のほかにもう一つ才能があった。それは名探偵の如き観察力で、店内で起こる小さな謎を解き明かしてしまうことだった。

〈ビストロ・パ・マル〉シリーズで描かれる謎は、本当に些細なものが多い。例えば「青い果実のタルト」では、一日に二人の客から「ブルーベリーのタルトはありませんか?」と聞かれたビストロ・パ・マルの面々が悩む、という話である。店の看板メニューでもないのに何故ブルーベリータルトを欲しがる、と思っているところに三舟が登場し、料理人ならではの視点から謎を解いてみせるのである。

また、本シリーズでは解くべき謎がぼんやりしたまま進行し、三舟の指摘によって初めて真の物語が浮上する、といった形式のエピソードも多い。「共犯のピエ・ド・コション」が代表例で、ここでは店の常連客の再婚を軸に、その子供と再婚相手との交流話が綴られていく。この話のどこに謎があるのか、と読者は訝《いぶか》しむだろうが、実は表面から窺い知ることの出来なかったドラマが隠されていたことが、三舟の推理で判明する。探偵役によって行われる物語の再解釈がサプライズを生み出す、という「日常の謎」の真髄がここにはあるのだ。

　その再解釈の取っ掛かりとなるのが、三舟の持つ料理人の眼だ。「お仕事ミステリ」においては、職業人としての知識や技能が事件の謎を解く鍵となる。〈ビストロ・パ・マル〉シリーズが秀でているのは、その知識や技能に関する描写を簡潔に留めながらも、三舟という探偵役にしか成すことの出来ない推理をしっかりと書き込んでいる点だ。ほんの些細な指摘が人生を浮かび上がらせる「コウノトリが運ぶもの」が良い例だろう。もし読者の中に「お仕事ミステリ」の創作に挑もうと考えている方がいたら、ぜひとも参考にすることをすすめる。三十頁に満たない短い紙数の中で、必要最低限の情報を盛り込んで推理とキャラクターを膨らませる手際を見習って欲しい。〈ビストロ・パ・マル〉シリーズでは、登場人物の行動が意図せぬ形で他人に影響を及ぼしてしまうことをたびたび描いている。他人同士のすれ違いやずれをテーマにした「日常の謎」ならば他にも作例はあるではないか、と思う人はいるだろう。しかし、近藤作品の場合、単にすれ違いやずれを描くだけに留まっていない。その向こうに存在する、社会の慣習や規範が作り上げた無自覚なバイアスを、近藤はミステリの形を借りて抉《えぐ》り出してみせるのだ。

この点をもう少し掘り下げてみたい。〈ビストロ・パ・マル〉シリーズで描かれるような「無自覚なバイアスが他者に影響を及ぼす」例を、近年は間近に見て取れることが多い。例えば、マスメディアやSNS上における広告やオピニオンが、差別的な表現を孕《はら》んで炎上した時のことを思い浮かべよう。この時、表現を発信した側が謝罪を行う際に、「差別的な意図はなかった」「傷つけるつもりはなかった」という発言をして、事態が鎮静化するどころか更に炎上するパターンを見かける。差別的な発言を誘発しかねない価値観が内在していることの不味《まず》さを指摘されているのに、表現する側は「意図的な悪意の有無」が問題だと捉えてしまう。そこにある埋まらない溝とよく似た構図を、近藤は〈ビストロ・パ・マル〉シリーズで描いているのだ。

ひとつ断っておきたいのは、別に近藤は、無自覚な差別意識が世間で指摘されるようになったから作品に取り込んだ、というわけではないことだ。〈ビストロ・パ・マル〉シリーズの最初の一編「タルト・タタンの夢」が雑誌「ミステリーズ！」に掲載されたのは二〇〇三年のこと。つまり、SNS社会によって「無自覚なバイアス」が顕在化される前から、近藤はこの問題に対して鋭敏であり、〈ビストロ・パ・マル〉シリーズやその他の作品に織り込んでいた、という認識が正しいだろう。

そして、現時点における最新作品集『マカロンはマカロン』では、「無自覚なバイアス」を炙《あぶ》り出す地点から、更にその先を見据えた短編が収録されている。それが「追憶のブーダン・ノワール」と表題作である「マカロンはマカロン」の二編である。この二つの短編は単に問題を顕在化させるだけではなく、その問題をどのように受け止めるべきなのか、という一つの回答を提示する内容になっている。特に後者は、探偵役の三舟の台詞から作品タイトルに至るまで、これまで近藤が積み上げた思いが隅々まで行き届いた集大成である。そして、同時代に生きる人々への道標のような一編でもあるのだ。

さて、近藤は今後、どのように〈ビストロ・パ・マル〉シリーズを紡いでいくのだろうか。それに関して、自身のツイッターアカウントで次のような発言をしていた。

「仕事終わりました。パ・マルがコロナ禍でテイクアウトをはじめる話を書いたよ」(2020.4.29)

「今連載してる他の話は、過去のこの時代と明言してるものが多いので、今の状況を

考えなくてもいいけど、ちょっと今、何も起きてない状態のフランス料理店を書く気にはなれなかった」（2020.4.29）

周知の通り、新型コロナウイルスの感染拡大を受けて日本政府は二〇二〇年四月七日に緊急事態宣言を発令した。感染防止のための「外出自粛要請」（何度見ても変な言葉だ）や三密対策が叫ばれる中、各産業の経済活動は大打撃を受け、飲食店も営業中止や閉店を余儀なくされている。近藤はこのようなコロナ禍の状況を、〈ビストロ・パ・マル〉シリーズの新作に反映させたと発言しているのだ。この解説原稿を書いている二〇二〇年五月末時点では新作短編は未発表である。しかし、それはシリーズ史上、最も読者のリアルに寄り添った物語になる予感がする。

新型コロナウイルスがもたらしたものは、生活様式の変化だけではない。それこそ〈ビストロ・パ・マル〉シリーズが描いてきた「無自覚なバイアス」が、今度は社会の分断をはっきりと生み出し、その分断が誰にも等しく影響を及ぼす恐れがある時代になりつつある。その時にミステリ作家、特に「日常の謎」や「お仕事ミステリ」に求められるのは、生活のすぐ隣に起きてしまう分断を如何に描くべきか、ということではないだろうか。というよりも、読者にとってのリアルな舞台を前提とするミステリを描くためには、避けて通れない課題だろう。そして、社会の規範や価値観に対する鋭い目を持った作家、近藤史恵ならば、きっとその課題を華麗にクリアしてみせるに違いない。

初出一覧　すべて小社刊「ミステリーズ！」

コウノトリが運ぶもの　vol.39（二〇一〇年二月）
青い果実のタルト　vol.42（二〇一〇年八月）
共犯のピエ・ド・コション　vol.44（二〇一〇年十二月）
追憶のブーダン・ノワール　vol.59（二〇一三年六月）
ムッシュ・パピヨンに伝言を　vol.61（二〇一三年十月）
マカロンはマカロン　vol.69（二〇一五年二月）
タルタルステーキの罠　vol.76（二〇一六年四月）
ヴィンテージワインと友情　vol.77（二〇一六年六月）

本書は二〇一六年に創元クライム・クラブの一冊として刊行された。

検印
廃止

著者紹介　1969年大阪市生まれ。大阪芸術大学文芸学科卒業。1993年、『凍える島』で第4回鮎川哲也賞を受賞してデビュー。2008年に『サクリファイス』で第10回大藪春彦賞受賞。著書に『ガーデン』『薔薇を拒む』『タルト・タタンの夢』『ねむりねずみ』『みかんとひよどり』他。

マカロンはマカロン

2020年 7月31日　初版
2023年 2月10日　5版

著者　近《こん》藤《どう》史《ふみ》恵《え》

発行所　（株）東京創元社
代表者　渋谷健太郎

162-0814／東京都新宿区新小川町1-5
電　話　03・3268・8231-営業部
03・3268・8204-編集部
URL　http://www.tsogen.co.jp
モリモト印刷・本間製本

乱丁・落丁本は，ご面倒ですが小社までご送付ください。送料小社負担にてお取替えいたします。

ISBN978-4-488-42706-1　C0193

北村薫の記念すべきデビュー作

FLYING HORSE◆Kaoru Kitamura

空飛ぶ馬

北村 薫

創元推理文庫

◆

——神様、私は今日も本を読むことが出来ました。

眠る前にそうつぶやく《私》の趣味は、

文学部の学生らしく古本屋まわり。

愛する本を読む幸せを日々嚙み締め、

ふとした縁で噺家の春桜亭円紫師匠と親交を結ぶことに。

二人のやりとりから浮かび上がる、犀利な論理の物語。

直木賞作家北村薫の出発点となった、

読書人必読の《円紫さんと私》シリーズ第一集。

収録作品＝織部の霊，砂糖合戦，胡桃の中の鳥，
赤頭巾，空飛ぶ馬

水無月のころ、円紫さんとの出逢い
——ショートカットの《私》は十九歳

後輩の墜落死と告発の手紙

AUTUMN FLOWER◆Kaoru Kitamura

秋の花

北村 薫

創元推理文庫

◆

絵に描いたような幼なじみの真理子と利恵を
苛酷な運命が待ち受けていた。
ひとりが召され、ひとりは抜け殻と化したように
憔悴の度を加えていく。
文化祭準備中の事故とされた女子高生の墜落死——
親友を喪った傷心の利恵を案じ、
ふたりの先輩である《私》は事件の核心に迫ろうと
するが、疑心暗鬼を生ずるばかり。
考えあぐねて円紫さんに打ち明けた日、
利恵がいなくなった……

「私達って、そんなにもろいんでしょうか」
生と死を見つめて《私》はまたひとつ階段を上る

本をめぐる様々な想いを糧に生きる《私》

THE DICTIONARY OF DAZAI'S◆Kaoru Kitamura

太宰治の辞書

北村 薫

創元推理文庫

◆

新潮文庫の復刻版に「ピエルロチ」の名を見つけた《私》。
たちまち連想が連想を呼ぶ。
ロチの作品『日本印象記』、芥川龍之介「舞踏会」、
「舞踏会」を評する江藤淳と三島由紀夫……
本から本へ、《私》の探求はとどまるところを知らない。
太宰治「女生徒」を読んで創案と借用のあわいを往来し、
太宰愛用の辞書は何だったのかと遠方に足を延ばす。
そのゆくたてに耳を傾けてくれる噺家、春桜亭円紫師匠。
「円紫さんのおかげで、本の旅が続けられる」のだ……

収録作品＝花火，女生徒，太宰治の辞書，白い朝，
一年後の『太宰治の辞書』，二つの『現代日本小説大系』

謎との出逢いが増える――
《私》の場合、それが大人になるということ

梨園を舞台に展開する三幕の悲劇

DORMOUSE ◆ Fumie Kondo

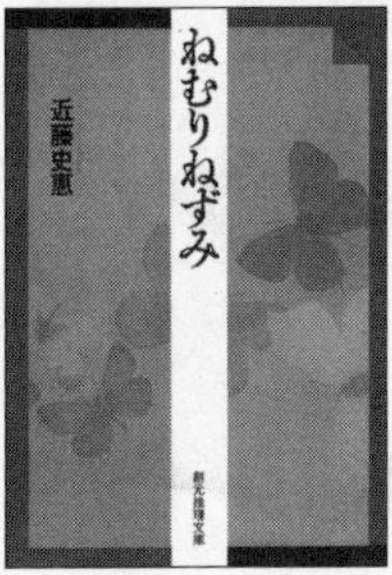

ねむりねずみ

近藤史恵

創元推理文庫

◆

ことばが、頭から消えていくんだ——
役者生命を奪いかねない症状を訴える若手歌舞伎俳優
中村銀弥と、後ろめたさを忍びつつ夫を気遣う若妻。
第一幕に描かれる危うい夫婦像から一転、
第二幕では、二か月前に起こった劇場内の怪死事件に
スポットが当てられる。
銀弥の亭主役を務める小川半四郎と婚約中の
河島栄が、不可解な最期を遂げた。
大部屋役者瀬川小菊とその友人今泉文吾は、
衆人環視下の謎めいた事件を手繰り始める。
梨園という独特の世界を巻き込んだ
三幕の悲劇に際会した名探偵は、
白昼の怪事件と銀弥の昏冥を如何に解くのか？

シェフは名探偵

UN RÊVE DE TARTE TATIN◆Fumie Kondo

タルト・タタンの夢

近藤史恵

創元推理文庫

◆

ここは下町の商店街にあるビストロ・パ・マル。
無精髭をはやし、長い髪を後ろで束ねた無口な
三舟シェフの料理は、今日も客の舌を魅了する。
その上、シェフは名探偵でもあった！
常連の西田さんはなぜ体調をくずしたのか？
甲子園をめざしていた高校野球部の不祥事の真相は？
フランス人の恋人はなぜ最低のカスレをつくったのか？
絶品料理の数々と極上のミステリをご堪能あれ。

◆

収録作品＝タルト・タタンの夢，ロニョン・ド・ヴォーの決意，ガレット・デ・ロワの秘密，オッソ・イラティをめぐる不和，理不尽な酔っぱらい，ぬけがらのカスレ，割り切れないチョコレート